アリス、アリスと呼べば

CALLING ALICE

ウ・ダヨン
ユン・ジヨン――訳

AKISHOBO

アリス、アリスと呼べば

目次

This book is published under the support of
the Literature Translation Institute of Korea (LTI Korea).

アリス、アリスと呼べば

あなたのいた風景の神と

眠らぬ巨人

黄味がかった木の壁と床に差し込む幾すじかの光。わたしは温もりのある日なたから陰へ、静かな闇のなかからまた光の差す方向へと歩いてゆく。何度も、何度も。わたしが行く先々で、光と闇が鮮明に織りなす真っすぐなしま模様が混ざりあったり、乱れたりしないことを不思議に思いながら。柔らかな網目のようにびっしり体を取りまく世界は、いつでも光と闇なのだ。そんな驚くべき真実に次第に無感覚になりながら。ひょっとしたらこれはわたしの思い出せる最初の記憶で、この瞬間こそは自分が歩むであろう人生を意味し、すべてを作動させる神の重大な啓示だったのかもしれないと、折にふれてわたしは思った。

その場面が四つか五つのときの記憶で、両親がその頃よく通っていたある二階建て家屋の広いリビングの風景であることを、今のわたしは知っている。女たちはリビングの床に木製のまな板と大きなお盆を並べて、大勢で一緒に食べられるたっぷりとした量の食事を作った。新聞紙にくるまれたねぎと水気をきった大きな玉ねぎが放つ、ピリッとした瑞々しい香り。山盛りになったそれらをまな板に載せ、リズミカルに刻む音。スープに入れる肉を切ると、流線形の包丁に波打つクリーム色の脂肪と、まな板にたまる鮮やかな紅の血。わたしが近づくと、母は「危ない」と注意し、下ごしらえされた食材のなかから薄くスライスした梨や、小さくちぎったかぼちゃの餅を口のなかに入れてくれた。女たちは包丁を握ったまま笑った。その家を訪れる人たちはみな静かな声で話を交わし、作りたての料理を分けあって食べると、それぞれの家へ帰っていった。

時を経てわたしは、その家がいわば教会堂で、今となっては正体を知り得ないある宗教の集会がそこで開かれていたのだと知った。もっと正確に言えば、その家のいちばん奥の部屋で大人たちが香りのするロウソクと帳《とばり》、彫刻像、装身具で飾られた壁に向かって両手を合わせて祈りを捧げていた姿だとか、小さな革製の本を手に取って読んだり、歌ったりしていた姿を覚えていた。そのすべてに敬虔な態度で臨む両親の脚にもたれかかって、駄々をこねていた瞬間のことも。また、夜遅く帰宅した父が熱い手をわたしの額に載せて口のなかでつぶやいた切実な祈りや、母が家に入った強盗に金目のもののありかを告げてから、幼いわたしを後ろに隠して一心にくり返した小さな手振りに特別な意味が込められていたことも、わたしは知っていた。つまりわたしは、それらが人々が信仰を共有する一つのかたちなのだということをなんとなく知っていたが、なぜか長いあいだそのことをとくに気にかけたことはなく、無意識のうちにでも一度たりともその頃のことについて両親と話をしたことがないということは、自分でも不思議に思えた。

わたしの知っている情報と脈絡から類推すると、それは宗教というより、むしろ神話に由来する原始的な信仰に近かった。正確な起源はわからないものの、長い歳月をかけて一つの文化圏から別の文化圏へと伝わる過程でつけ加えられ、変形したと思われる痕跡を発見できたし、古代キリスト教とヨーロッパの土着神話、中国の神話、日本の仏教や道教などから明らかに影響を受けているように見えた。神の降臨や再臨を願うオカルト色がないことは、いくらか安堵感を与えた。その家の主人で、集会を主宰していた人の好さそうな印象の夫婦がお金を要求していたかどうかは、わたしにはわからないけれど。

両親はその家に三年ほど通ったのち、ぱったり行かなくなった。そこで知り合った何人かの人たちとは交際が続いたが、彼らと宗教的な話をしたり、あの頃のことにふれることはないようだった。今のわたしは、その家に集っていた人たちのほとんどは夫婦単位の平凡な家族だったことを知っている。愛する人の病気や死を経験し、悲しみに暮れている人たち。あるいはどうにも解決できない問題に直面したり、過去の苦い経験から抜け出せないでいる人たち。みんな疲れて傷ついた人たちだということを知っている。彼らはその家で一緒に時間を過ごしながら、平凡な日常のなかに祝福を見出す方法だとか、神様から送られるかすかな慰安の徴《しるし》を一つも逃さず受け取る方法を身につけた。

わたしと同じように親に連れられてきた子どもたちは、遊び部屋としてあてがわれた狭い屋根裏部屋で一緒に遊んだ。わたしと同じ年頃のユダムは、二本の脚と足首が生まれつき内側に曲がっていた。ユダムの脚の骨は成長するにつれて内から外へ、また外から内側へとらせんを描いた。ユダムが両手をついて床を這うと、水から上がった人魚のしっぽのように力なく伸びた脚がゆっくり尾を引いた。まるで水中での必要性と機能を失い、退化する運命だけを待っているかのように。わたしたちはユダムのために座ったままでできる遊びをした。わけてもビー玉遊びが美しい記憶として残っている。きらめく小さなガラスのビー玉を指に挟んで陽にかざすと、中に少しねじれたまま永遠に凍りついた色とりどりの羽根が見えた。わたしはそれが小鳥の羽根だと固く信じていた。指くらいの大きさの小鳥が死ぬときに飛んでゆく氷の国があるのだと。こんなことを本当に自分で想像したのか、それともどこかで読んだ内容を覚えていただけなのか、今となってはわからなくなってしまったけれど。

　だからあの日、急に床を転がりはじめたユダムが体の関節を奇妙な方向に折り曲げて苦しみだしたとき、ビー玉のせいだとわたしが思ったのはそれほど不思議なことではなかった。きっと滑らかなビー玉を口に入れて転がしているうちに、それを飲み込んでしまったのだろうと思ったのだ。心の内では、ユダム、早く吐き出して、早く、と叫んだが、口の外にもれ出たのは恐怖にかられた泣き声だった。ほかの子たちもいっせいに泣いていた。ようやく自分は怖がっているのだと気づいた。何が怖いのかもよくわからないまま、恐怖を感じた。おぼれた人のように両腕をあがいた。誰でもいいから、誰か自分をつかんでほしいと願いながら。その瞬間、わたしの手がウンリョンの手をつかんだ。

ウンリョンは泣いていなかった。ほかの子たちと同様にユダムを見ていたが、少しも泣かなかった。ただ静かに冷静にあの子を、というか、それを、いや、そこを、じっと見つめていた。その平静な表情がとても恐ろしかった。なぜ恐ろしいのかもわからないまま、ただ恐ろしいと感じたが、だからといって握った手を放すわけにもいかなかった。ウンリョンの手は、そのときわたしがつかむことのできるたった一つのものだったから。手にじっとり油汗がにじみ、腕がぶるぶる震えた。しかしウンリョンの手は震えていなかった。わたしを見ないウンリョン。わたしの手を振り払わないけれど、わたしの感じている恐怖には共感しないウンリョン。今でもわたしは、その瞬間より前の彼女のことは一つも思い出せない。

そのとき、ウンリョンが言った。

「何か言って」

ウンリョンはわたしの手を引いて、ユダムに近寄った。当然のことをしているというふうに。わたしはそれが嫌で鋭い悲鳴を上げた。しかしウンリョンはまるで気にしない様子だった。透明な泡を吹いているユダムの唇に耳を近づけて、あの子の言葉を聞いた。その言葉と口の形を、わたしもはっきりと覚えている。

ユダムはねじれた手首で自分の胸を叩きながら、こう言った。

「ここ、ここに明るいものが……」

下の階でお祈りをしていた大人たちが事態に気づき、木製の階段を慌ただしく駆け上がってきた。大人たちが凍った魚のように固くなったユダムの体を抱きかかえて部屋を出るまで、そして驚いた母がわたしを見つけて崩れるように飛びつき、蒼白になったわたしの顔を自分の胸にぎゅっと抱き寄せるまで、わたしはウンリョンの手を握り続けていた。初めてのなぞなぞを見つけた人のように何かを考え込んでいるウンリョン。その子の小さくて軽い手を離さなかった。

じつはウンリョンに会うまでは、こんな記憶も彼女のことも思い出すことはなかった。幼い頃の強烈な体験には違いなかったが、なんら意味を獲得しないまま意識の暗い水面下に沈んでいた記憶が、彼女に会ったことでスポットを当てられ、呼び出されたのだ。それでも十六の春にウンリョンと再会したとき、ひと目で彼女に気がついた。まるでずっと前から恋しがっていた人にようやく会えたかのように。いや違う、これはまさしく時間によってゆがめられた記憶だ。そのときに感じた感情は恋しさなどではない。かつて経験し、今でも持続している恐怖と同質のものだった。

高校の入学式でウンリョンは新入生を代表して宣誓をした。彼女が「宣誓」と言うと、あとに続くみんなの声が波打ちながら背後から押し寄せた。指をきれいに揃えたウンリョンの手のひらが、何かしら意味を秘めた白い石のように光っていた。彼女は堂々とした声で宣誓を終え、慎ましくお辞儀をした。講堂の片隅に知った顔ぶれを見つけたのか、親しげに目くばせをしたりもした。それからゆっくり微笑んだ。わたしは衝撃を受けた。その子はあまりに普通に見えたので人違いではないかとも思ったが、でも直観ではやはりウンリョンだと確信していた。記憶のなかのウンリョンは一度も笑ったり感情を見せたりしたことがなかったが、それでも彼女に違いなかった。

廊下やグラウンドでときおりすれ違うウンリョンは、いつも友人たちに囲まれていた。友達の目をじっと見て、真剣にうなずきながら話を聞いてあげていた。どこかでウンリョンを呼ぶ声。知らない子たちがウンリョンについて話したり噂したりする声。たいていが好意的で、羨望のまなざしを彼女に向けていたが、わたしは違和感を覚えた。実際に男子のなかには、ウンリョンのことが好きだと大っぴらに言う子たちもいた。

ウンリョンと同じクラスになったことはないが、何度か偶然すぐそばまで近づいたことがある。最初は朝の登校のときに校門で。服装と身だしなみをチェックしていた先生に呼び止められてネクタイをしていないことを注意されたとき、彼女は黄色い「学生指導部」の腕章をつけて、校則違反でひっかかった子たちの名前を書き留めていた。ウンリョンはこちらの顔も見ずに、名札の名前と罰則の減点をさっと記録した。あるいは、テニスボールの入ったかごを運んでいて手をすべらせたとき、黄緑のカエルの群れのようにグラウンドのあちらこちらへ散らばるボールを親切に拾ってくれた女の子たちのなかに、ウンリョンがいた。砂のついたボールを手渡されたとき、勇気を出して「ありがとう」と言ってみたが、彼女は特段気にとめる様子もなくちらっと目を合わせただけで、くるっと背を向けて仲間たちのほうへ行ってしまった。

その後も目が合ったり、短い会話を交わす機会は何度かあったけれど、ウンリョンのほうではやはりわたしに気がつかないようだった。こちらもだんだん大胆になって彼女のことを知らない人のように振る舞った。そうして三年生になると、本当に知らないと思うようになった。その頃、別居と仲直りをくり返していた両親が完全に別れることになったので、わたしは母と二人で暮らすための新しい家に引っ越さねばならなかった。今になって思えばそれは人生のなかのほんの小さな一つの節目にすぎなかったけれど、そのときの自分にとっては、あたかも空が崩れ落ち、地面のそこかしこに落とし穴が開いたように、それまで信じていた世界が不確かな場所に変わる体験だった。外へ噴き出そうとする怒りと、内に深まっていく孤独に、同時に耐えねばならなかった。

そんなある日のこと、ウンリョンが何気なくわたしの名を呼んだ。

「十三番の問題、解けた?」

某大学が主催する高校生のための科学コンペティションに出場したわたしたちは、問題を解き終わり、待機室としてあてがわれたロビーで結果が出るのを待っているところだった。うちの学校を代表して参加したのは、ウンリョンとわたしを含めて五人だった。その前にも国際数学オリンピックとか作文大会で一緒になったことがあったので、ウンリョンのことをとくに意識していなかった。だからすぐ隣のソファに座っていることにも気がつかなかった。彼女は革張りのソファのひじ掛けに、まるで温度でも測るように手のひらを載せていた。

「魚とカエルの関係を説明せよっていう記述式問題のこと」

わたしはその問題を進化論の観点から解いたと答えた。三億七千五百万年前、デボン紀の後期にそれまで水中に棲んでいた魚類が陸に上がり、両生類に進化したのだと。それを裏づける根拠として、第一に、魚とカエルの中間形態にあたる種の化石が今でも発見されていること、第二に、カエルの目に世界は灰色に見えていて、動くものしか認識できないということを挙げたと。驚きを押し隠しながら、そんなことを落ち着いて答えた。

「わたしの答えとだいたい同じだね」

ウンリョンが言った。

「初めから水中で屈折する光を見るために進化を遂げてきた魚の目は、空気を媒介にして真っすぐ拡散する光を見るのに適していなかっただろうと。だからカエルの目はそうなった、そう書いたってことだよね？」

わたしはうなずいた。ウンリョンはしばらくわたしの目をじっとのぞき込んだ。目を合わせているというより、わたしの瞳孔と眼球とその奥にある複雑に絡まり合った視神経を観察しているといった趣きで。

「いつかドキュメンタリーで見たんだけどね、人間の眼も水中から来たんだって」

彼女が説明した。

「わたしたちがまだ魚だったとき、眼のなかの液体が光の屈折効果を解決してくれただろうって話だった。だけど、陸上動物として生きるためには乾燥した空気に適応する必要があった。だから人類はさらに進化を重ねたんだけど、それでもわたしたちはまだ水中で精巧に進化を遂げた三億七千五百万年前の魚の視力に追いついていないって」

「そうなの？」

わたしは場を和ませようと、かすかに笑いかけた。でもウンリョンは笑わなかった。

「だからね、進化というのは最良に向かって一歩一歩、発展していく過程なんじゃなくて、そのときそのときの環境に対する最善の対応らしいの。つまり、生物学者が種の起源を追跡するのは、その種が通過してきた歴史とさまざまな瞬間、選択、そのときそのときの偶然が刻まれた迷路とか地図をのぞき込むことなんだよ。ひとたび選択してしまったらもう後戻りできない過去と、決まった目的地がないからどこにたどり着くかわからない未来。それがあらゆる種に共通した運命だというのが面白くない？」

「面白いね」

「だけど、あんたが答案用紙につけ加えるべきだった文章は、そんなことじゃない。こうよ」

わたしはその言葉を理解できず、ウンリョンを見た。

「そんな学説が、進化論の立場から、主張されている」

彼女はようやく表情をゆるめて微笑んだ。

「この大学って、宗教系でしょ。人はそれぞれ信じたいものが違うからね」

ウンリョンはわたしのほうに向けていた体を戻すと、視線を落として正面にある丸いガラスのテーブルを見やった。もうこれ以上話したくないというふうに。でもしばらくして、よく聞き取れる声ではっきりとこう言った。

「わたしたち、宗教に興味があると思ったんだけどな」

その日、入賞したのはウンリョンだけだった。それからというもの、ウンリョンは学校で会うとずっと知り合いだったように手を振った。挨拶を返しながら、わたしは内心混乱していた。彼女のほうでもわたしのことを覚えていて、ここ二年間自分の存在を知っていたということが、何か隠しごとをしていたのがばれたときのように、どこかしら恥ずかしい気持ちがした。ウンリョンが何を思い、どんなふうに感じているのかわからず不安だった。

正直、頭のなかがウンリョンのことでいっぱいだった。それはまるで水や風のある静かな風景を眺めているうちに自然に湧き起こる連想のようだった。一人でお昼を食べているあいだにも、いつも彼女を壁のように取りまいて自分を近寄らせない子たちはいったい何を話しているのだろうと気になった。その子たちみたいにウンリョンに自分の話をして意見を尋ね、話を聞きたいと思った。そんなことを思うなんて自分でもひどく驚いたが、よくよく理由を考えてみると、あの日以来彼女とのあいだにできた秘密のようなもの、互いを知る十年余りの時間が突然よみがえったことが、強烈な感情を呼びさましたようだった。ウンリョンにとってもそうしたことは特別な意味があるのか知りたかった。

しかし、やっとチャンスがめぐってきたとき、口をついて出たのは突拍子もない質問だった。

「どんな神だったか覚えてる？　あの宗教のことなんだけどさ」

ウンリョンは授業プリントを受け取って職員室から出てきたところで、たまたまその前を通りかかったわたしが声をかけたのだった。こちらに気づいてからも彼女は足を止めなかったので、二人で連れ立って中央の階段をぐるぐる上った。

ウンリョンが言った。

「神とか宗教の名前はわたしにもわかんない。何か名前はあったんでしょうけど、大人たちはそんなことはあまり言わないで、ただひたすら誠実に祈ってたでしょ。覚えてるよね？」

わたしはほとんど覚えていないと、正直に答えた。ウンリョンはその返事を面白がった。

「一緒に教理を聞いたのを覚えてるのにな。子ども向けにわかりやすくした昔話みたいなものだったけど、何度も聞いたよね。讃美歌にのせて歌ったりもしたし」

「それなのに僕、すっかり忘れてしまったってこと？」

唖然となって聞き返した。

「あんたは本当に簡単に忘れるんだね」

感嘆しているふうでも責めているふうでもない言い方。ただあんたはそうなのね、というふうに聞こえた。

階段を上るわたしたちのそばを、逆に下りていく子たちがひっきりなしに通りすぎていった。ウンリョンに話しかける子たちもいて、彼女はそのたび軽く挨拶を交わした。そしてその子たちが通りすぎると、また話しはじめた。

「太初に巨人がいて、ほとんど永遠に近い時間をひとりで存在していた巨人の目からある日、神が生まれるの。目が見えなくなってしまった巨人は、もともと持っていた特別な力と能力を失ってしまう。神はその機会を逃さず、無力になった巨人の温かい内臓を取り出して、それで山と海をつくり、泥と空気を分離し、もう一度泥と空気をこね合わせてこの世界をつくり上げた。そして目も心臓も失ってしまった巨人に、天と地のあいだに立って世界が崩壊しないように支えなさいと、永遠の罰を与えたの」

やっと四階にたどり着いたわたしたちは、しばらく立ち止まって息を整えた。ウンリョンはきれいに角を揃えたプリントを両手に抱えて、廊下の窓から降りそそぐまぶしい陽の光に目を細めて言った。

「これがその宗教の創世記で、わたしたちのうちであんただけが質問したじゃない。その巨人は、どんな間違いをしたんですかって」

数日後、ウンリョンのクラスへ行き、あの宗教について知りたいと伝えた。教室の入り口に出てきたウンリョンに、何か手がかりになるようなものがあれば集めたいので、ときどき手伝ってもらえないかと尋ねると、彼女は首をかしげて少し考えてから、授業が終わったあと自習の時間が始まるまでの十五分くらいなら、時間をつくれると答えた。「それで十分だよ、ありがとう」とわたしは言った。

ウンリョンは本当に毎日その時間をわたしと一緒に過ごしてくれた。わたしたちは誰もいない美術室で落ち合い、あの宗教について新しく思い出した情報を交換し、考えられる仮説をあれこれ話し合った。ウンリョンが美術部の部長で、美術室の鍵を管理していることを知ったのもそのときだった。わたしたちの会話にこれといった進展はなかった。わたしはほとんど何も覚えていなかったし、ウンリョンのほうも当時はまだ小さかったので、知っている内容は限られていた。「目から生まれた神」とか、「世界をかついだ巨人」といった言葉をネットで検索にかけてみても、似通った神話や童話が出てくるだけだった。それでもウンリョンもわたしもなぜか、両親にあの頃について訊いてみるという手っ取り早い方法を取ろうとはしなかった。何かの話のはずみで両親が離婚したことを打ち明けたことがあったが、彼女がそれについてとくに何か訊いたり、慰めることはなかった。わたしのおぼろげな記憶では、ウンリョンには年下のきょうだいが二人いたが、彼女がそんな話をすることもなかった。

まだ春先で日が短かったので、わたしたちが会う時間帯になると、美術室は一面、夕焼けに染まった。腕がなかったり、鼻や耳が欠けた石膏像。流し台に並ぶ、ところどころ絵の具がこびりついたパレット。丸くて黒いキャップのついた小さなボトル絵の具。白い漆喰の壁に逆さに吊るされたさまざまな太さの筆……あらゆるものが一時《いっとき》、茜色の透明な光に包まれる。それは光というより、つかの間姿を現してははかなく消えてゆく薄い影のようだった。その瞬間があまりにも静謐で美しかったので、ウンリョンのほうをぎこちなく見たが、彼女はまったく無感動な表情でそんな光を眺めていた。まるで色彩を見分けられない瞳のように、遠くを見る寂しげな目をして。六人掛け用の長方形の机の上に一人腰かけて、脚をゆっくりぶらぶらさせながら。そうやって、「どこにもいない神」を探す午後が一日また一日と続いた。

いま振り返ってみても、ウンリョンがそうしたことに強い熱意を持っていたようには思えない。それでも、嫌がったり時間の無駄だと思っているようではなかったので、わたしはひそかに嬉しかった。正直、わたしの頼みを快く受け入れてくれたというだけで、はじめのうちは浮かれていた。

でもしばらくすると、ウンリョンは人の頼みを決して断らない人だということに気がついた。よく見ると、彼女には信じられないくらいたくさんの友達がいた。三年も一緒に登校している近所の友達がいたし、休み時間にはいつも誰かの秘密や悩みを聞いてあげた。お昼を共にする友達も別にいた。美術部の男子たちともよく遊んだし、自習時間にはまた別のグループの子たちと一緒に座った。下校のときもその子たちと一緒だった。ウンリョンの日々の生活はもうこれ以上隙間がないくらい人で埋めつくされていて、はた目で見ているだけでもどっと疲れを感じるほどだった。それなのに、どうしてそんなことが可能なんだろうと思うくらい、ウンリョンは疲れたり面倒がる気配も見せず、みんなに優しく振る舞った。

いったんそれに気づいてしまうと、これまでと何一つ変わったところはないのに、彼女に招待されず、塀の外に一人たたずんでいるような気持ちになった。

ウンリョンの友達はみんな、自分の悩みこそが世界の中心だと言わんばかりに深刻になっていた。いつでも悲しみか怒りか嬉しさに浸りきっていて、いずれの場合もまわりが見えていないという点で、はた迷惑だった。ウンリョンは友達が抱えている問題、きっと彼女ならまったく問題と思わなかったであろうくだらない問題を、相手の心と同じ重さで受け止め、ひと足先に賢明な解決策を見つけてあげた。そんなことのために、自分の時間をすっかり分け与えた。答えのない悩みにも、どうでもいいようなばかばかしい心配事にも、根気よくつき合った。けんかや仲たがいがあると、頼まれなくてもやんわり要領よく仲裁することもあった。

ウンリョンには人の心を理解できる才能があった。自分でも自分がわからないという人の心さえ読むことができたし、時間が経てば消えたり変わってしまう感情も先まわりして予測できた。そんな情報に基づいて、人と人とのあいだに起こるさまざまな現象を、一瞬のうちに読み取ってしまうのだった。いつもそうしたことを考えて人に接していると、彼女は言った。

「よくそんなことできるね。いちいちそこまで考えて行動するなんて！」

「頭のなかで自然にそうなるだけ」

ウンリョンは指でトントンと自分のこめかみを叩いてみせた。ここにすべての正解が入ってるのよ、とでも言うように。

「過程を細かく区切って説明したから難しく聞こえるだけで、直観とか予感が働くのとそんなに変わらないよ。ある状況に置かれたとき、わたしたちの感覚器官はごく短時間でものすごい量の情報を収集して、脳がその情報をすでにある知識と組み合わせて一瞬で答えを出すの。だけど人間の意識にはその過程まで認知する能力はないから、結論だけを記憶するわけ。『あ、なんか不吉だ』とか、『なんとなくこっちな気がする』とか、『なぜかこの人に魅かれる』とかね。言ってみれば、わたしたちが長いあいだ心だと信じてきたものは、じつは想像された空っぽの空間で、すべては脳の演算作用にすぎないかもってこと。わたしは感情より理性によって結論を出す人で、だからほかの人より負担を感じることなく心を使うことができるんじゃないかな。ただそれだけだよ」

わたしは首を振った。

「そういう話じゃなくてさ、どうしてそんなことをするのかってこと。自分のことでもないのにさ」

ウンリョンはそれも簡単な問題だというように笑った。

「なるほど」

「助ける理由があって助ける、と考える代わりに、助けない理由があったら助けないって、逆に考えてみて」

彼女は美術室の片隅にある、描きかけの黒い油絵のキャンバスを指さした。

「あの絵に色を見るか余白を見るかは自分で決めればいいの。そしたら全然違う絵が見えるから」

でもそんなの普通じゃない、とわたしは思った。ウンリョンのつきることのない厚意と、誰に対しても公明正大な態度には、どことなく疑わしいものがあった。それは万人に対する博愛というよりはむしろ誰も愛さない態度に近いと感じた。他人の心を感情を通さず頭だけで理解するのは、共感とは違う。ゲームとかパズルの攻略法でも探すように人を分析したり規定するのは欺瞞だ。まるで疲れないで人を助けられるのは、心を機械のように使えるからだ。それは「人間的」じゃないんだと判断した。

だけどそのときは、こうした考えをただ漠然とした違和感として感じただけで、そんなことを彼女に言うつもりは全然なかった。ウンリョンのなかにある確かな論理と規律、それらが生活と調和する原理を尊重していたし、バランスのとれた生き方の美しさには感嘆した。彼女の人生に誰かが割り込む隙はなさそうに見えた。

夏が始まる頃には、風が吹き抜けるよう美術室の窓を開け放った。日が長くなるにつれて、あの魔法のような瞬間は訪れなくなったけれど、今度は四方から喧《かまびす》しく降りそそぐ蟬しぐれが頭をぼうっとさせ、わたしたちをまた別の場所へと誘《いざな》った。ウンリョンとわたしはいつもの見晴らしのよい窓際の机の上に腰かけて、グラウンドをあっちこっち駆け回る子たちを眺めた。それぞれに持ち寄ったブルーベリーのマフィンや甘いアップルソーダなんかを分けあって口に運びながら。窓にかかるカリンの木の枝のあいだから風が吹いてくると、ウンリョンもわたしもしばらくのあいだじっと目を閉じていた。

その頃には、もうあの宗教についての新しい発見もなくなったので、わたしたちはただいろんな話をしながら時間を過ごしていた。ウンリョンは大学で学びたいのは美術だけど、授業料の負担が少ない教育大学に進むつもりだと言った。物理教育学科か生物教育学科を考えていると。そんなことを話しながら、美術室の片隅にあるスチールキャビネットから自分の描いた画を出してきて、見せてくれた。風景画でも人物画でもない、数枚の画。原色の絵の具で描かれた線や図形は、一定の規則を持ったパターンのように見えたかと思えば、また別の瞬間には無定形な連続体のようにも映った。見る方向と観点によって、違った形に見えた。

なぜかわたしは、ウンリョンのことが好きだった同じクラスの子についてよく話した。その子はいつからウンリョンのことを好きになったのだとか、本当に面白いヤツで、今日はこんな冗談を言っただとか、こんな子犬を飼っているらしいというようなことを、思いつくままにしゃべった。だけどウンリョンはそんな話にはこれといって興味を示さなかった。その子の名前を言ったり、わたしの話に対して何か質問をしたりしたことが一度もなかったことに、あとから気がついた。その子について話しはじめると、ウンリョンは頬づえをついて、わたしが話し終えるのをじっと待っていた。おかしなことだが、そんな彼女の態度に、なぜかわたしは自分が遠く押しのけられたような気がして、少し傷ついた。もちろん顔には出さなかったけれど、その子についてはもう話さなかった。

「わたしは神を信じない」

ある日、二人で話していたときにウンリョンが言った。

わたしは、自分もそうだと答えた。わたしたちはずっと前に忘れてしまった神を探しながらも、二人とも信仰心や宗教を持っていなかった。あれこれ調べているあいだに、代表的な宗教の教理はひととおりわかってきたところだった。どの宗教にも学ぶべきところがあるように思われたし、宗教がそのように形づくられた時代的、文化的な背景だとか、それぞれの宗教の違いや類似性、相互の関係などを分析することには興味を覚えることもあったが、それまでだった。一つの宗教に長いあいだ自分を委ねてみても、心のなかに本当に信仰心と呼べるようなものが芽生えてくる気がしなかった。漠然とだが、自分はこの先もずっと宗教を持たずに生きていくだろうと感じた。そんな考えを口にすると、ウンリョンはしばらく考え込んでから、こんなことを話した。

「うちの両親は、人はみんな宗教を持つべきだと信じてるんだ。信仰心が人を正しい道へと導いてくれるはずだって。たとえとても悪い考えを抱いてしまったとしても、また元の道に戻れる力を与えてくれるだろうって。わたしもそれにはわりと同意してて、人間の心には不変の倫理が必要だと思う。それが宗教の教理のように明快で、自分で自分を強く律することができるものだったら、きっと効果的だろうと思うの。つまり宗教を選択するのが、いちばん手っ取り早い方法なんだろうね。だけど、わたしは自分なりの倫理を具体化しているところで、倫理について考え続けることがすなわち倫理的なことだと思ってるし、もし宗教が真の『善』を提示してくれるのだとしたら、結局は同じ結論に行きつくだろうと信じてる。うちの両親は宗教的信念に基づいて子どもを産み続けてるけど、それは間違ったことだと思う。子どもに対する責任をまっとうして、ちゃんと愛してあげてないから。教理に従ったから道徳を守った気になってるけど、それは間違いなく不道徳なことだよね」

そのときわたしは、ウンリョンのお母さんが妊娠中だということを知った。お腹のなかの赤ちゃんが生まれてくれば、ウンリョンは六人きょうだいのお姉さんになるらしかった。

「人はどうして道徳的に生きようとするんだろうね。普遍的な道徳から逸脱したら、社会から不利益を受けるから？　でも、かりにそんな打算的な判断からだとすると、完全犯罪をやり遂げておいて罪悪感を感じる人たちがいることは説明がつかないよね。じゃあ、社会で淘汰されないように進化する過程で、不道徳な行為に対して本能的な嫌悪感を抱くようになったってのはどうかな？　道徳的な人たちからなる社会のほうが、きっと種の生存にとっては有利なはずでしょ。頭で考えるよりも先に直観でわかるように、一つのメカニズムとして身体と脳に刻まれたんだとしたら、それはつまり、数億年ものあいだ人間が最善だと思う選択を重ねてきた結果が、結局は『善』だということにならない？　人が直接の見返りを期待せずほかの人を助けるささやかな善意が、種の運命にとって有利に働くってわけ。だとしたらそれは、数億回も計算を重ねたスーパーコンピュータが出した答えのように誤差がなさそうに見える。だからわたしは、宗教よりも進化に対する信頼から、『善』を支持してるの」

　ウンリョンはしばらく言葉を切って、わたしを見つめた。表情をうかがい、反応を探っていた。しかしわたしは、自分でも自分の立場をはかりかねていた。そのときのわたしは、どんな表情でウンリョンを見ていたのだろうか。彼女に対して抱いた得体の知れない敵意は、なんだったのだろう。

「なんかちょっとコワいんだけど」

　思わずそう言っていた。

「かりに今の話のとおり、人間が本能として道徳心を持つように進化してきたんだとしたら、ウンリョンは普通の人とは違うよね。だって、本能が働く代わりに、理性で判断してるわけだから。自分の理性がいつも『善』だって、どうして確信できるの？」

　そう言ってしまってからようやく、自分がひそかに抱いてきた疑いの正体に気づいた。

「だってウンリョンは、あの子が死ぬのを見ても平気だっただろ」

　ウンリョンとわたしがユダムについて話したのは、そのときが初めてだった。それまでは、無意識のうちに、あるいは意図的に、ユダムの存在をかき消していた。

ウンリョンの表情には少しも変化がなかった。わたしにはそれが「悪」の証拠のように感じられた。

「うん、確かにそうだね。わたしはほかの人たちと違う。あんたとも違うし」

ウンリョンは素直に認めた
「だけど、悲しみとか怒りの感情がなくても、道徳的な判断はできると思う。悲しみを理解したり、怒りを理解することによって、正しい判断は可能になると思う。もちろんわたしはいつでも自分をいちばん大事にするだろうけど、高度に知能的な利己心《エゴイズム》は善良さにつながると信じてる。だからわたしは、もっと賢くならなきゃと思ってるの。間違えないために。そもそも善や悪は何か不変で固定されたものじゃなくて、絶えず修正されていくものだと思うし、倫理というのは決まったルールなんかじゃなくて、どんな状況でも善悪を見分ける鏡のようなものだと、わたしは信じてる。これまで倫理的な岐路に立たされるたびに、いつだって慎重に選択してきた。それで誰も傷つけなかったし、これからも間違えないつもりだよ」

ウンリョンの言葉は、まるで何かの誓いや切々とした求愛のように響いた。時を経て、あの瞬間のウンリョンのことを思い返すと、彼女が誰にもしたことのない告白をわたしにしてくれていたことにすぐに気づく。だけどそのときのわたしは、そんなことはまるで思い至らなかった。

「それってつまり、人の感情に共感する必要性を感じないってこと？」

わたしが訊いた。

「泣いている人や怒りに震えている人たちを、賢い頭で理解すればそれでいいんだって。そういう話でしょ？」

ウンリョンが首を振った。

「あんたの感じる不安と反感は、もちろん理解できるよ。普通の人とそうじゃない人とを見分ける本能があんたのなかにあるだろうし、そのときに涙とか笑いといった感情を表すジェスチャーは、手がかりになるはずだからね。そうやって区別した人たちからは距離を置くのが、いつだって手っ取り早くて安全な選択だったはずだから。だけど、わたしは『善』が最善の選択だと判断したし、そうして自分がたどり着いたこの世界に適応しているところだよ。ほかの人たちと同じように。あんたと同じように」

彼女は机の上に置かれたわたしの手に、自分の手をそっと重ねた。幼い頃、恐怖にとらわれて震えていたわたしの手を握ってくれた、あの小さな手のように。

ウンリョンがささやくように言った。

「わからないかな？　これが普通なんだという確信、もしくはこれが普通であるべきだと信じて疑わないこと、それこそが本当の『悪』なんだよ」

その瞬間にも、わたしにウンリョンのことを憎む気持ちは少しもなかった。それなのに、どうしてだろう？　本能だったのだろうか？　わたしは彼女を非難し、金属のように滑らかなその子の内面に傷をつけたくなった。

「たった一度の間違い」

わたしは冷たく言った。

「普通の人なら超えない一線を超えてしまう、たった一度の恐ろしい間違いをするかもしれないから。だからそんな潜在性を持った人たちを、危険と見なすんだよ」

わたしは彼女にがっかりしたというように言った。何を期待し、何に失望したのかもわからないまま。自分が死んだとき、魂になった自分が木の上くらいの高さから、全然泣かないウンリョンを静かにそっと見下ろしている光景を想像しながら。

「きみは一生、誰のことも愛せないと思うよ」

ウンリョンの表情にはやはり変化がなかった。それでむしろ傷ついたのは自分のほうだった。彼女は失敗した実験の結果でも見るような感情のこもっていない目で、わたしを見た。わたしがウンリョンの手から自分の手をすっと抜くと、彼女はゆっくり立ち上がって美術室を出ていった。


それからというもの、ウンリョンはまた以前と同じく、わたしのことをまるで知らない人のように素通りした。わたしは自分の言ったことを後悔し、彼女に謝りたいと思ったが、その機会は与えられなかった。一度、ウンリョンが水飲み場に一人でいるときに勇気を出して近づいてみたことがあったが、彼女は本当にこちらが見えていないかのように、わたしの頭越しに遠くを見つめた。わたしは自分が幽霊になってしまったのではないかと思い、思わず自分の手と体を見下ろした。ひょっとしたらウンリョンと一緒に過ごした時間は本当にあったことではなく、自分一人の想像で、わたしたちが一緒に探したどこにもいない神や巨人のように、この世界から消えてしまったつまらない片鱗にすぎないのではないかと思ったこともあった。もしかしたらと思い、授業が終わったあと美術室に行ってみると、固く閉じられた扉には重くて冷たい錠がかかっていた。

最後に人から伝え聞いたウンリョンの近況は、教育大学に推薦で合格したという話だった。自分で決めた人生への一歩を踏み出したのだ。その後、学校では彼女をあまり見かけなくなり、いつしかウンリョンはわたしの前から永遠に姿を消してしまった。

わたしはわたしで自分の道を進んだ。電気工学科を卒業したあと水力発電所に就職し、一度も行ったことのない見知らぬ都市で暮らしはじめた。仕事が終わると、狭苦しい二間のマンションに帰り、音量を小さくしたテレビを観ながらビールを飲んだ。テレビをつけっぱなしにしたまま眠ってしまうこともしばしばだった。毎朝八時に歩いて発電所へ出勤した。ダムのまわりの散策路には、日が昇るまでのあいだ濃い霧が立ち込めていた。白い闇のような霧のなかから、いつの間に近づいてきたのか、ぬっと人が現れることもあった。会社の同僚のキムさんが、ときどき自転車に乗って後ろから現れた。「おはようございます」「良い朝ですね」。キムさんは、特有の大声で挨拶してから、自転車を降りて並んで歩いた。「僕はここが嫌いです。笑い声が霧に呑み込まれてしまいます」「僕はダムが嫌いです。たまっている水を見たくありません」。彼はいつも変わった言い方でネガティブなことを言うので、社内でも微妙に浮いていた。わたしは、「はい」「そうですか」と、適当に返事をした。

ところがある日、いつものように霧のなかから現れたキムさんの顔が、ふとウンリョンの顔に見えた。一瞬の錯覚にすぎなかったが、わたしはドキドキしながらキムさんの顔を何度も盗み見た。その日、キムさんはほぼ無言で自転車を引きながら、わたしの隣を歩いた。誰も踏んでいないペダルが空回りしていた。一日中、ウンリョンのことを考えた。当時、彼女がいなくなったという話がちょくちょく聞こえてきた。あんなに多かった友達とも一切連絡を絶ったということだった。彼女の身に何かが起きたのではないかと思ったが、確かめるすべはなかった。その頃にはなぜか、もう一生ウンリョンには会えないような予感がしていた。

その日、発電所のほとんどの職員が帰宅したあと、当直だったキムさんがダムに飛び込んだ。水のなかをのぞき込むようにしていた彼が自分から飛び込むところを目撃した人がいたので、キムさんの死は自殺として処理された。遺書は残されていなかった。彼の自転車は会社の自転車置き場の片隅に二年近く放置されたままになっていたが、ある日突然なくなった。

それからまた数年後には、つき合っていた彼女と夕食を共にしていて、ウンリョンの名を呼んだことがあった。魚料理の骨を取り除きながら、まるでくしゃみでもするようにごく自然に、「ウンリョン」と呼んだ。それが自分の声だとも気づかず、声の出どころを探してしばらくきょろきょろ辺りを見回した。その頃、ウンリョンのことを思い浮かべたことは一度もなかったので、自分でも跳びあがるほど驚いた。結局、それが原因で彼女とけんかになり、週末に予定していた束草《ソクチョ》への旅行もキャンセルした。週末のあいだ、家にこもってラジオから流れてくる雑多な音楽を聴きながらビールを飲んだ。日曜日の夕方に彼女が家にやって来た。「束草で山火事があったみたい。人がすごくたくさん死んだらしいの」。彼女は両腕でわたしをきつく抱きしめて、背中をさすった。「たくさんの人たちが死んじゃった。わたしたちが死ぬところだったのに……」。

翌年の春に彼女と式を挙げ、ほどなくして娘が生まれた。娘は四歳の頃、小児リンパ腫を患った。首に大きく膨らんだ腫瘤《しこり》と一日中止まらない咳に苦しむ娘のために、義弟がインコをプレゼントしてくれた。インコがうまく人になつくようにと、羽切りをしてあげた。ところが、バスルームから出てきたわたしが、飛べずに部屋のなかをよちよち歩き回っていたインコを踏んでしまった。折れたインコの脚から雫のような血がにじみ出た。娘は、「どうしよう、どうしよう」と泣き叫んだ。血を流しているインコには近づけず、わたしの胸に飛び込んできた。そのときふと、恐怖心とはなんだろうかと考えた。そんなものはいったいどこから湧いてくるのだろう。

娘と一緒にすぐに動物病院に駆けつけてインコを治療してもらい、それから十日間心をつくして世話をした。段ボール箱に柔らかいタオルを敷いて、インコを入れた。そして朝夕欠かさず、牛肉のミンチにアーモンドを混ぜたものを嘴《くちばし》に流し込んでやった。娘が心配しないようになだめながら、回復を一緒に見守った。そんなことが、娘が病気に打ち勝つための力づけになると信じて。インコはしばらくすると元気を取り戻し、プラスチックの皿に入れてやった水をよく飲み、ピーピーと鳴いた。しかしある朝のこと、小さな軽い体をぐったりさせて息絶えていた。娘は段ボール箱のふちに手を置いたまま、無言でなかをのぞき込んだ。死にゆく鳥にひどく驚いていた娘は、すでに死んでしまった鳥には恐怖を感じないようだった。娘がわたしを見上げて訊いた。「パパが殺したの？」。そのとき、どうしてウンリョンのことが思い浮かんだのだろう？

それからかなりの月日が流れて、わたしが四十くらいになったとき、もう一度ウンリョンがわたしの前に現れた。今度は確かな実体を持った姿で。ラウンジバーで一人でウィスキーを飲んでいたとき、綺麗なドレスに身を包んだウンリョンがこちらへ近づいてきた。さりげなくわたしの名前を呼び、元気だったかと尋ねた。歳を取ったウンリョンに会うのは初めてだったが、やはりひと目で彼女と気がついた。その日、わたしたちはお酒を飲みながら長いこと話を交わした。実の家族のように思っていた義弟にビジネス資金を貸したら行方をくらましてしまったという話や、妻とは別居中で、こっそり会っている人がいるというような話を、とりとめもなく話した。どうして世界はこんなふうに動くのかまったく不可解だと、ある意志を持って人生に介入する神様がひょっとしたら本当にいるのかもしれないと、わたしは言った。それから、一年ほど前に水力発電所施設のメンテナンス費用を水増しして横領したことを打ち明けた。誰かにその話をするのは初めてだった。わたしのことを非難するか席を立ってしまうだろうと思ったが、ウンリョンはそうしなかった。バーテーブルに頬づえをついたまま、静かにわたしの話を聞いてくれた。

翌朝、二日酔いでベッドで目覚めたとき、あれは酒に酔ってみた幻影か夢だったのだとすぐに気がついた。父が亡くなったのかもしれないという考えが、ふと頭をよぎった。それはとてもおかしな考えだった。父とはもう十年余り絶縁状態だったし、具合が悪いという話を聞いていたわけでもなかったから。それでもなぜかそんな気がしたのだ。しかしわたしの心配とは違って、父はそのとき亡くならなかった。母も元気だった。ずいぶん長いあいだ様子をうかがったが、誰の訃報も聞こえてこなかった。ウンリョンのことを思い出したのは、それが最後だった。彼女の影はそれっきり、もう二度とわたしのもとを訪れることはなかった。

それから二十年余りが過ぎた今、ウンリョンの名前と彼女に関する記憶は、幼い頃の夢のように遥か遠いものになってしまった。だから、彼女がわたしに残した遺産があるので受け取りにきてほしいという電話を受けたとき、それはあまりに現実味のないいたずらのように思えた。電話をかけてきたウンリョンの息子は、ウンリョンが先月、家族に見守られて安らかに息を引き取ったのだと話してくれた。

　わたしはウンリョンが住んでいた家へ招待された。半信半疑ながらも招待を受け入れた。どんな罠にもはまらないし、どんな嘘にもひっかからない自信があった。過ぎ去った歳月のなかで自分が流した膿が繭をつくり、やがて堅い枯木となり、ついには鋼のような岩と化していった、その一連の過程が思い出された。大切に思っていたのにある瞬間自分を裏切った人たち、一生そばで互いの人生を縒《よ》りあわせながら同じ方向を向いて歩んでいくだろうと信じたけれど、今では自分にとってなんの意味もなくなった人たちが思い浮かんだ。彼らと自分の心が変わってしまった瞬間を思った。とうの昔に変わっていたのに気がつかず、しかしやがては気づいてしまう、そんなうんざりする経験のことを。そんなことに比べたら、この世にひどいことは何もないように思われた。

　驚くべきことに、その家はわたしが退職後ずっと一人暮らしをしている自宅から、車でわずか十五分のところにあった。週に二、三回ほど早朝登山に行くとき、あるいは荒んだ心を落ち着かせるために静かな貯水池に夜釣りに出かけるとき、ウンリョンの住む街を通っていたのだ。そんなことを思いながら、彼女とずっと同じ都市に暮らしていたということに妙な衝撃を受けた。

　書き留めておいた住所へ向かって車を走らせ、進入路に差しかかると、レンガ造りの二階建ての家が目に入った。肩くらいの高さの塀は赤いつるバラに覆われ、オレンジ色の屋根が温かい日差しを反射していた。電話をくれたウンリョンの息子が扉を開け、嬉しそうに迎え入れてくれた。電話の声からは二十代だろうと想像していたが、少なくとも四十代初めくらいに見えた。彼は目が見えないようだったが、杖なしでも慣れた様子で先に立って歩き、ときどき振り向いては、わたしの姿が見えているかのように微笑んだ。彼はわたしを庭へ案内し、片隅に小さな畑があると教えてくれた。赤唐辛子とサンチュ、小さいねぎ、熟しかけのトマトなどの作物が区画ごとに整然と植わっているところを誇らしげに見せてくれた。彼にはそれらの色と形が見えているかのようだった。

家のなかには思ったよりたくさんの人がいて驚いた。大人は彼を含めて九人で、子どもたちも七人もいた。みんなウンリョンの家族かと訊くと、彼らはうなずき、ウンリョンの子どもと孫たちだと答えた。「母はわたしたちを養子にしたんです」「みんな?」「はい、みんな実の子ではありません。結婚もしませんでした」。わたしは振り向いて、キッチンで食事の支度をしている人たちの顔を眺めた。彼らはわたしが来たのを見たが、まるで顔なじみの隣人のように軽く挨拶して、作業を続けた。リビングには、紙とクレヨンで遊んでいる子どもたちと、その子たちがクレヨンをちゃんと握れるようにそばで手助けしながら、彼らの絵を興味ありげにのぞき込み、何を描いているのと訊いてあげる大人たちがいた。わたしは彼らの顔もしげしげと眺めた。ウンリョンに似ているはずもない顔々に、おぼろげになってしまった彼女の面影を見出そうとしながら。ウンリョンの息子は、今はもうみんなで一緒に暮らしてはいないけれど、今日はあなたに会うためにこうして集まったのだと言った。ウンリョンの古い友達から、なんであれ、どんなに些細なことでも、自分たちの知らない彼女の話を聞きたがっていると。

みんなで一緒に囲める食卓がなかったので、リビングに座卓を三つ並べた。ウンリョンの三人の息子たちがそれを受け持った。お皿を座卓まで運ぶのは子どもたちの担当だった。子どもたちは自分の役割をよく心得ていて、そのとおりに動いた。食事は、ねぎとにんじんが入ったあっさりしただしのプルコギと、畑で育てた葉野菜だった。ケールとロメインレタス、チコリーがどのお皿にもふんだんに盛られ、りんごやブルーベリーなどの果物と一緒に並んだ。

「わたしたちは、こんなふうにして食べるんです」。高校生くらいに見えるいちばん上の孫娘が、わたしの向かいに座って言った。好きなだけ自分の小皿に取り分けられるように、ゆで卵と焼きかぼちゃも用意されていた。ヨーグルトの入ったボウルには、子どもたちの手がひっきりなしに伸びた。彼らは慣れた手つきでシリアルとはちみつを入れると、おいしそうに食べた。そのほかにも食卓には、唐辛子の味噌和え、薄味のにんにくの醤油漬け、しそで色づけした梅の漬物、カキの塩辛などのおかずが並んでいた。みんな母が漬けておいたもので、とってもおいしいんですと、ウンリョンの娘が言った。いちばん上の孫娘と同じくらい幼く見える彼女は、食事のあいだ小さな息子の食べこぼしを手ぬぐいでふいてあげていた。三年前、十六歳のシングルマザーだった彼女を、偶然公園で会ったウンリョンが養子に迎えたということだった。彼女は死んだウンリョンのことをごく自然にママと呼び、恋しがった。

わたしには、すりつぶした豆腐と辛い唐辛子の味噌ダレがとくにおいしく感じられた。大食いでもないのに、ご飯を二杯も平らげた。グラスには冷たい麦茶がそそがれた。

食事が終わると、ウンリョンの子どもたちは忙しく後片づけを始め、そのあいだに子どもたちと家を見て回るよう勧めた。そう言われるよりも先に、子どもたちに指をひっぱられて二階へ連れていかれた。その子たちは、おもちゃとふかふかのクッションがたくさんある屋根裏部屋のなかへ、まるで妖精たちのように次々にさっと消えた。わたしはまるで巨人になったような気持ちで、腰を深く屈《かが》めてやっとそこへ入っていった。そして壁に背を持たせかけて座り、小さな子どもたちが目の前を行ったり来たりする姿を眺めた。彼らはあちらからこちらへ、またこちらからあちらへと、いたずらに走り回った。一瞬、自分がどこにいるのかを思い出そうとしてみたが、すべてがおぼろげだった。不思議な気分に浸りながらも、お腹いっぱい食べたあとの心地良い気だるさがすぐに押し寄せてきた。夢のなかの出来事のように何度も反復される子どもたちの意味のない動きは、いつまでも続きそうな気がしたし、その永遠という属性には何か意味やパターンが隠されているように思えた。向かいの壁には、黄色い電灯の明かりに揺らめく子どもたちの影が浮かんでは消えた。あたかもすばしっこい幽霊たちのように。光や影のように。どちらを見るかによってまったく違った画になる……。
一、二歳くらいの子どもたちは、しきりにわたしのひざによじ上ってきた。わたしはとっさに手を伸ばして、その子たちが前のめりに倒れないようにしっかりつかんだ。子どもたちの背中とお腹の柔らかな肉づきに驚異を覚えながら。揺れ動く子どもたちのつむじからは、温かいミルクや甘酸っぱいすもものような匂いがした。五つくらいに見える男の子が、腕の取れてしまったロボットを持ってきたので、それを直してあげた。「パパに買ってもらったんだ」「そりゃあうらやましいな」。「おじいちゃんは、パパいないの?」「いないよ」。「ママは?」「いない」。するとその子は、ロボットを床に置いてわたしを抱きしめてくれた。

ウンリョンはわたしに、少しばかりの小切手と手紙を残していた。法的な効力があるわけではなく、子どもたちに頼んでおいたものだった。小切手は二百万ウォンだった。その中途半端な金額を目にしたとき、すぐに浮かんだのは娘の結婚式に着る新しいスーツだった。自分でも思いがけないことで驚いた。娘が愛している男をわたしはひどく憎んでいたし、彼らのほうでもわたしの祝福など欲しくもないというふうに、自分たちの人生を歩みだしていたから。

目の見えないウンリョンの息子が、ウンリョンからの手紙を差し出した。わたしはリビングに立ったままで、その手紙を読んだ。手紙は挨拶もなしに、こんなふうに始まっていた。

ひょっとしたら、神は巨人が見た夢なのかもしれない。ほとんど永遠に近い時間をたったひとりで存在していた巨人が、目をつむって夢を見はじめたとき、そこに一つの世界が現れたの。

その部分を二度読み返してから、ようやくウンリョンが「どこにもいない神」の話をしているのだと気がついた。彼女は四十年余りの歳月を経て、自分はすでにいなくなってしまったこの世界で、かつて美術室で交わしたあの会話を続けようとしていた。

わたしがたどり着いた世界には、どんな意味があるのだろう？　わたしは探求し、理解しようとした。人間と人間。人間の心。そして思考と感情を。だけど、なぜこんなものが存在するのか、ついぞ理解できなかった感情は、報復と嫌悪だった。だってそれらはまったく無益にも、相手ばかりか自分自身をも壊してしまうから。それでもいつも人を捉えて離さず、強い力で人生に介入し、行く手を妨害し、破壊し、揺さぶるのは、不幸と死、そして悪だった。本当に驚いてしまうよね。世界は悪の重力によって動いてる。光さえもねじ曲げてしまう重力を持った巨大な暗黒のように。あんなにたくさんの星が光を放っていても、宇宙には闇が存在するばかりか、むしろ闇こそがほとんどを占めている。そんな不可思議と同じように。今のわたしは、善を追い求めることは最上の善に向かって一直線に進むレースではなくて、そのときそのときの最善が集まってらせん状の軌跡を描きながら踊ることだということを知ってる。一生同じところをぐるぐる回るだけで終わるかもしれないし、二度と戻れないどこか思いがけない場所へ行きついてしまうかもしれない。だから「善」は、永久不変のかたちで所有できるある確かな実体を持った何かではなくて、瞬間のなかにしか存在しないのだと。そうしたことを、ほかの多くの人たちと同じようにわたしも、普通の人生を通して地道に学んだ。だけど、こんなことはすべてが過ぎ去ったあと、じつのところ、近づく死を感知して自分の人生を天の川のように長く拡げてみたときにようやくわかったことで、実際には人生のあらゆる瞬間をただ生きてきただけだった。善を思い浮かべることすら少なかった。選択の岐路はそれが岐路だとも気づかずにやってきたし、ほとんどの場合それは善なのか悪なのか見分けがつかないかたちをしていた。この世界には加害と被害、報復と憎悪、嫌悪と暴力が列をなして並んでいて、それによって人は善から悪へ、悪から善へと変わりゆくだけだった。つまりは善と悪は同時に存在していて、完全なる悪も完全なる善も存在しなかった。最初の罪はどこかへ消えてしまい、罰を受ける人たちだけがあとに残されて、世界のかたちと歴史をおぼろげに伝えていた。どこから始まったのだろうか？　そんな問いは、決して答えを与えてはくれなかった。どうしてわたしはこんなふうに生まれてきたのだろう？　人間的でない人間の姿で。人々が、そしてあなたが、恐れるような姿で。遺伝的な要因とか家庭環境が「間違った」人間をつくることもあるけれど、わたしの場合はそうではなかった。

一つ、お話をしてみようか。わたしが今のわたしであることには因果関係なんてなくて、わたしはただ無作為に発生した突然変異だという話。わたしたち家族には本当にとくに問題はなかったの。六番目の子ども、つまりわたしにとっては五人目のきょうだいが生まれてくるまではね。その子を出産中に母が亡くなった。不幸な偶然の事故によって。誰かの死が生きている人たちを変えてしまうということが、そのときのわたしにはやはり理解できなかった。父はその子を憎んだ。愛する妻を殺した殺人者だと思っていた。本当だよ。本気で憎んでいたの。それが非合理的な考えだということは自分でもわかっているようだった。それでも父は心の内に湧いてくる憎しみを真実として受け止めた。それがどうしようもない人の心なんだと、そう思っていた。つまり、その憎しみの別の名は、愛だったというわけ。

母の死は、新しく生まれてきた子どもの一部となって生き続けた。その子は、誕生と同時に死の影響の下に置かれた。そして父のいわれのない憎悪と、それによって徐々に崩壊してゆく家庭の陰鬱な雰囲気のなかで、慎重で落ち込みやすく、冷たい性格の子に育った。そうして結局は、愛を知らない人間になった。ほかでもない、愛のせいでね。その子はたった五つのときに友達を押し倒して、歩道と車道の段差の固い角に頭をぶつけて脳震とうを起こさせた。家ではおとなしくしていたけど、保育園では打って変わっておかしな振る舞いをし、自分より弱い子たちに乱暴をしていることがわかった。父とわたしはけがをした子が入院している病室に見舞いに行ったの。頭に包帯を巻いた小さな子が、遠くを見る目でわたしたちのあいだのどこかを見つめた。視界が白く霞む症状がなぜ治らないのかを調べるために、精密検査を受けて結果を待っているところだと、その子の両親は言った。

そのとき、驚くべきことが起きた。父が泣きはじめたの。妻が死んでからというもの、あの子に対する憎しみのほかはすべて涸《か》れ果ててしまったかのように見えた感情が、熱く繊細に息を吹き返していた。父の涙には嘘がなかった。わたしは人の表情から感情が読み取れるから、父の抱いている恐れと罪悪感が本物であることがわかった。彼はけがをした子とその子の両親が感じている恐怖に共感し、それを痛ましく思っていた。そして家に帰ってから、二つ目の驚くべきことが起きた。父があの子を抱きしめたの。どうしてだったのかな？　罪悪感から？　それとも恐れから？　この子には罪がないと突然のように悟ったのだろうか？　弟は、すすり泣く父の胸のなかで小さな体を揺すられながら、何が起きているのかわからないという平然とした目をして、ただじっとしていた。自分に与えられるはずだったが奪われてきた愛情を今や取り戻すであろうことも、それでも父が死ぬまで、ついに彼を愛せないであろうことも知らないまま。

　幸いなことに、けがをした子の視力は回復した。おぞましい出来事はつい足元まで影のように忍び寄り、夢のなかで轟く砲声のようにまた遥かに遠のいていった。父はけがをした子の目が見えるようになるまで、毎日欠かさず病院へ見舞いに行った。父はその親子に謝っていたけど、その言葉はじつは弟に向けられたものだということが、わたしにはわかった。それはとても奇妙なことだった。悲しみと憎悪、罪と罪悪感、謝罪と赦《ゆる》しが、それぞれにすれ違った方向で、だけどはっきりとつながり合って、一つの有機的な星雲のように動いていたから。親同士が子どもたちについて話しながら赦しと奇跡を語っている病室を出たわたしは、廊下の突き当りにある休憩室に腰かけて、そうしたことを考えていた。そのとき、看護師たちの話が偶然聞こえてきた。寝ているわが子のまぶたに細長い針を突き刺して、失明させた母親がいると。それで保険金をいくらか受け取ったらしいけど、もう片方の目まで失明させてしまったものだから結局足がついて、警察に捕まったんだと。失明した子は母親から分離されて、今この病院にいると。

　どうしてだったかな？　再び目が見えるようになった子と、永遠に目が見えなくなった子をわたしが同時に思い浮かべたのは。二人目の子とわたしがどこかでつながっていて、自分にも責任があるように感じたのは。その子を助けようと思い立ち、長い複雑な手続きを耐えてまで、その子と家族になろうと思ったのは。どうして人の心のなかでは、そんなことが起きるんだろう？　どうして人間は善と悪を見分けるのではなく、ただ選択するだけなのかな。過去のわたしは今のこの人生と家族を知っていたわけでも、それを夢見たわけでもないのに、自分のした選択はどうしてわたしをここに連れてきたのだろう？　わたしはこんなたくさんの問いについての答えを知らないまま、ただ生きてきたの。

これまでの人生でわたしは幾度となく倫理的な岐路に立たされてきたし、そのたびに答えを見つけようとした。満足のいかない答えを選択したときもあったけれど、それでも最善と思う選択をし続けた。そしてある日、倫理的な決定を下そうとするたびに自分のなかで起こる、ある神秘的なことに気がついたの。何が正しいことなのかを判断するとき、わたしはいつも自分の心の内にある風景を思い浮かべた。美しい自然風景やたわいない日常、何気ない会話のようなもの。そうしたものを思い浮かべるだけで、なんとなく答えがわかるような気がしたけど、時にはこんなことを考えることもあった。今のこの選択が、その風景を損なうことにはならないか。その風景のなかにいる自分自身に対して、恥ずかしい選択ではないか。その風景のなかにいるあなたを永遠に失ってしまう選択ではないのか。あなたはわたしに、きっと失敗するだろうと言ったよね。だけどその言葉こそが、ほかでもないその瞬間が、わたしのなかに最も大事な倫理を形づくったの。わたしはあなたのことを忘れているあいだにも、あなたを思い浮かべればおのずとわかるところの「善」を追いかけた。だから言ってみれば、最も倫理的な瞬間にはいつもあなたがいたというわけ。それはまるで神の役割にも似ていて、巨人が夢のなかで眺めた風景のようでもあると、わたしは思うようになった。そしてひょっとしたら、わたしにとっては一生最も謎めいた感情だったけど、これをきっと愛と呼べるのじゃないかと思う。

手紙を読み終えたあと、わたしはふと自分がウンリョンの家族に囲まれていて、彼らがわたしをじっと見上げていることに気づいた。窓から差し込んだ柔らかな夕陽が、彼らの顔の上で揺らめいていた。波や炎の定めのように。永遠や不滅の意味のように。わたしはその非現実的な風景をしばらくのあいだぼんやり見つめていた。そして不意に、彼らの心はすでにわたしに向けられていないことを悟った。

「おばあちゃんのこと、好きだったのかい？」

わたしは手を伸ばして、子どもたちの小さな丸い頭をなでてやった。

「うん！」

「おばあちゃんは、安らかに亡くなったんだね？」

「ええ、もちろん」

ウンリョンのいちばん上の孫娘が答えた。

「みんなでそばで見守りました」

「何か言い残したことはなかったかな？」

「おばあちゃんは、呼吸が止まったかと思うと、急に、ここ、ここに明るいものが……と言ったんです。それからゆっくりまぶたを閉じて微笑みました。だから続けて何か言おうとしているのだと思い、しばらくしてから、おばあちゃん、と呼んでそっと体を揺すってみたんです。でも、すでに亡くなられたあとでした」

アリス、アリスと呼べば

光のなかからふわりと吹いてきた風に目を覚ますと、ひざの上に一冊の本が置かれていた。わたしは開いたページを軽い羽根のようにつまんで、次の場面を待っていた。一瞬、頭のなかが混乱した。ここは、どこ？　水の音が耳元にこだまする。長い洞窟の奥から伝わってくるかすかな音は、やがて水がぶつかり混ざりあう涼やかな波の音となり四方から響いてきた。体が上下に大きく揺れるのを感じた。遊園地の乗り物が落下する前に体がふわっと浮く、あの自由な感覚に似ていた。ようやくわたしは、夏の休暇を過ごすために船で小さな島へ向かっていたことを思い出した。知らないうちに眠ってしまっていたのだろうか？　それにしてはあまりに短い瞬間だったわ。わたしは首を振った。きっとしばし物思いにふけっていたのだ。だけど、いったい何を考えていたんだろう？

旅客船の前方のデッキには、へさきの流線形に沿って木製の長椅子が置かれていた。わたしはそこに腰かけて本を読みながら、巨大な積雲が浮かぶ青緑色の水平線の彼方に点のような島が姿を現し、だんだんと大きくなりながら近づくのを待っていた。隣の椅子では、歳を取った大柄の男がもうずっと前から居眠りをしていた。白いシャツと厚い皮膚が、夏の日差しに溶けるバニラアイスのようだった。若い夫婦がデッキを散歩していた。二人はまだ学校とか教室が似合いそうなくらい幼く見えたが、くつろいだ雰囲気とどことなく似ている表情や身振りから、夫婦のような感じを受けた。男は女の華奢《きゃしゃ》な腰に手を回して抱き寄せながら、欄干のほうへ近づいていった。手すりにもたれて立つ二人のスニーカーのつま先が、荒々しい波が下に待ち受ける空中にはみ出していた。そんなものはちっとも怖くないというふうに楽しそうに笑いあう若い夫婦を見て、ふと両親のことが思い浮かんだ。

わたしの両親の結婚は、親友同士だった両家の祖父たちがひそかに決めていたもので、父も母も一生お互いのほかには誰ともつき合ったことがなかった。それでも父は母にプロポーズするとき、子どものように泣きだしてしまった。その涙には、極度の緊張と人生の特別な瞬間が過ぎてゆくことへの恐怖、感激、それに断られるかもしれないという一抹の不安が入り混じっていた。父が泣いているあいだも、母は微笑みながら静かに彼を見守っていた。そのとき父は、この人がそばにいてくれたらどんなことでも乗り越えてゆけると確信した。わたしが恋をする年頃になったとき、両親はこの話を語って聞かせながら、しばらく互いの顔を幸せそうに見つめ、その頃を懐かしむような表情を浮かべた。「それはもう、このうえなく完璧だったんだよ」。

それからしばらくして、母が勤めていた会社の建物で火事があった。放火が引き金となってガス爆発を起こし、建物が完全に崩壊してしまった大きな事故だった。ニュースで最初に事故のことを知ったとき、父とわたしはそれでも母は無事だろうと、なんとなく信じていた。だから翌日、救助隊員たちが建物の残骸のなかから母の遺体を見つけ出したとき、すべてが巧妙に仕組まれたいたずらのように思えた。実際に父はそれから長い月日が流れたあとも、母の死はまだ終わらないいたずらで、いつか玄関のドアを開けて妻が帰ってくるだろうと信じているかのように振る舞った。父が最期まで悲しみに負けることなくわたしを育て、家族でいてくれたのは、そんなトリックのおかげだと、わたしはいつも思っていた。

少し違う話になるけれど、わたしの場合、母が怒っていたある日のことを思い出すことが心の慰めになった。わたしが二歳か三歳のとき、母は幼児用のダイニングチェアにわたしを座らせると、散らかったキッチンのなかを苛立たしげに行ったり来たりしながら、こう叫んだ。「あなたを育てるために、わたしの人生を失うわけにはいかない。わたしの人生をすべてストップさせるなんて、そうはさせないわよ」。母はその日のことを覚えていないはずだし、わたしも彼女が生きていたときには特別に思わなかった記憶だった。わたしは、母はそのとき怒っていたのではなく恐怖にとらわれていたのだということ、そして結局はその恐怖に打ち勝ち、自分の思い描いていた人生を勝ち取ったのだということを知っている。それでいて、いつだってわたしのことをまぎれもなく愛してくれていたということも。また、たとえあの日の母と会社で火事に遭ったときの母とのあいだに、長くて複雑な因果関係が働いていたとしても、それは決して何かに対する代償や罰ではないということを、知っている。そうしたことを知っていたので、若かりし日の母が鋭い声で不吉なことを叫んでいたあの姿は、むしろ力強い愛の証《あか》しとして心に残った。

気がつけば、若い夫婦はデッキからいなくなっていた。よく考えると、わたしは彼らくらい若かった頃の両親には会ったことがなかった。もしかすると彼らは、わたしに会いに来た両親の幽霊だったのだろうか？　もしそうだとしたら、百年も前からやってきた幽霊ということになる。そんなことを考えながらわたしは、自分がもうとっくに年老いてしまったことをゆっくりと悟った。

「船酔いですか？」

隣の椅子で居眠りをしていた男がいつの間にか目を覚ましていて、声をかけてきた。彼はわたしの顔とひざの上の本を見た。

「いいえ、ちょっと考えごとをしてました」

「お辛いようでしたら、遠慮なく言ってくださいな。わたしはよい方法をたくさん知ってますから」

「よく船に乗られるようですね」

「この船のコックです。今朝、わたしの作った料理を召し上がったはずですが」

「ええ、もちろん。とってもおいしかったです」

「わたしは今ではお客さんのための食事を準備し終えると、もう指一本動かせないくらいぐったりしてしまうんです。それだけ歳を取ったということですね。そんなときは、最後の力を振り絞ってこのデッキに上がってきて、ヒマワリのように日向ぼっこをしながら眠ります。そうすると、元気になるんです」

「まだご健康そうに見えますよ」

彼は日に火照った顔で、しばらくわたしを見ていた。

「わたしたち、前にも会ったことがありますよね？」

「そうでしょうか？」

わたしは知らないふりをした。

「駅で待ち合わせをしたけど、会えなかった。覚えていませんか？」

「さあ、わたしはもう多くのことを忘れてしまいましたので」

コックはがっかりした顔でうなずいた。

「島で降りられるのでしょう？　その前にぜひ一つ、ご馳走したい料理があるのですが」

わたしは彼のあとについて、船にたった一つしかないキッチンへと入っていった。棚には、波や風で船が傾いても落ちないように紐で固定された調味料入れや、色とりどりのフルーツコンポートの瓶詰が並んでいた。彼は包丁の刃先でトマトと玉ねぎ、キャベツを手際よく刻み、熱した油でにんにくを揚げた。それから粗びきライ麦パンにクリームチーズといちごのジャムを塗り、おいしそうなサンドイッチを作った。まず彼がうまそうに一口かぶりついた。わたしが二切れ続けて食べると、彼は嬉しそうだった。

「わたしはずっと昔、世界中を旅していました。ころころ変わる寝所《ねどこ》と仕事にうんざりしてしまったとき、結局落ち着いた先が水の上をあっちこっち漂う船だなんて、おかしな話ですよね」

「よく似合ってらっしゃいますよ。どこか別の場所で違う人生を生きているあなたは想像できないくらい」

「でも、まったく違うところで暮らしたいと思ったことが、確かにあったのです。ある女性の方と一緒なら、本当にそうすることもできたでしょう」

わたしが無言でいると、彼は話を続けた。

「わたしはどこへ行っても異邦人で、彼女は人生のある瞬間《とき》、未知のものに魅かれてやってきた旅行客でした。わたしたちはとある都市で出会い、一緒に楽しい時間を過ごしたのですが、同じ日にそれぞれ別の列車に乗って、その都市を発つことになっていました。そこで、わたしのほうから誘いました。僕と一緒に行きましょうと。時間に合わせて駅に来てくださいと。だけど、彼女はとうとう現れませんでした。それっきり、彼女には会えませんでした」

彼はこころもち声の調子を明るくして、続けた。

「面白い話をしてあげましょう。じつはわたしは約束していた列車には乗りませんでした。次の列車、またその次の列車とチケットを換えながら、彼女を待っていたんです。まだ街にいたら、ひょっとしたらあとから気が変わって来てくれるかもしれないと思って。そこはとても小さな田舎駅で、食べ物を売る店といったらサンドイッチ屋とドーナツ屋しかありませんでした。わたしはドーナツが好きではないので、サンドイッチ屋でサンドイッチを五つも買って食べたんです。味は悪くありませんでした。ハムチーズサンド、ベーコントマトサンド、エッグサンド、カニサラダサンド、ポテトサンド。みんな覚えています。だけど、そのときもわたしのカバンのなかには、彼女と一緒に食べようと作ったサンドイッチが入ってました。それが、このサンドイッチなんです」

船が船着場に着くと、コックはわたしの見送りをしに埠頭へ渡る階段を一緒に降りた。彼はこの数十年間、船を降りた時間は全部合わせてもひと月にも満たないのだと言った。だから今では動かない陸地に降り立つと、かえって酔ってしまうのだと。階段を降りながら、わたしは話した。

「わたしも面白い話をしてあげましょうか。あの日、わたしはその駅へ行きました。あなたが列車を何台も見送るたびにサンドイッチ屋に入ってサンドイッチを食べるのを、向かいのドーナツ屋から見ていたのです。もしもあなたがたった一度でもドーナツ屋に来ていたなら、わたしはあなたと人生を共にしようという勇気を出せていたかもしれません。わたしは甘いドーナツが大好きですから」

旅の始まりにわくわくしている人たちで埠頭は混みあっていた。その人波のなかへ歩み入り、ふと振り返ると、コックは酔っ払いのような千鳥足でこちらへ向かってふらふら数歩進んだが、ほどなく水際へ走り寄り、先ほど食べたサンドイッチを戻してしまった。

島の入り口には、旅行客をつかまえてみやげ物や食べ物を売る行商たちがいた。行商よりも多いのは、物語や占いを売ろうとして寄ってくる浮浪人たちだった。彼らはこの世に心配事などまるでなさそうなのんびりした表情で旅行客たちに近づき、優雅に話しかけた。あまりまっとうな取引ではなかったけれど、わたしの前を歩いていた小さな娘を二人連れた家族が好奇心に満ちた面持ちで足を止めた。彼らはそれを島の歓迎セレモニーのように受け止め、背の低い老婆に喜んで小銭を一枚渡した。すれ違いざまに耳をすますと、その家族が買ったのは、この世界の秘密だった。

もう少し島の奥へ進んでいくと、レストランや商店が所狭しと並ぶ円形の広場が現れた。店と店のあいだには別の道へと続く狭い路地の入り口があり、中央の広場は芝生を敷きつめた広いスペースになっていた。暑さに耐えきれず上半身裸でいる男たちと、タオルの上にビキニ姿で寝そべり、肌をきれいに焼いている女たちが目に入ってきた。芝生の生えていない道には、人と自転車、華やかな色どりの鞍《くら》をつけた馬がめいめい自由に行き来していた。島は思っていたよりも大きく、そこにはたくさんの人が暮らしていた。片側には鋭く尖った岩壁が、もう片側にはのどかな砂浜がある、こぢんまりしたリゾート島を想い描いていたわたしは内心驚いたが、思いがけない賑やかな風景にすぐに馴染んだ。

路地の小さな洋服屋で、涼しげな薄手の生地で仕立てられた深緑色のワンピースを買った。それに着替えると、違う世界に来ているのだという実感が湧いた。空は透きとおっていて、街中のあらゆるものが陽射しを受けてきらきら輝いていた。人々は暑さを忘れるために、歩きながら手に持ったフルーツを口に運んでいた。ふと喉の渇きを感じ、目についたフルーツ屋に入った。発音が難しい名前の見慣れないフルーツがあったので、それを選んだ。ヘタのほうに黒い斑点が浮かんだ、紫色の楕円形のフルーツ。それを搾った生ジュースを一つ、店員に頼んだ。

「お味はいかがですか？」

ジュースを作ってくれたほっそりした女が尋ねた。

「とってもおいしいです」

「もともとこの島にあったフルーツではありません。いつだったか、異邦人が残していったものなんです。彼らはいつだって何かを残していきますからね。二度と戻らないくせに」

女は魅力的な声で続けた。

「原産地では、アクが強いし苦くて芯があるので、家畜の飼料にもならなかったものらしいんです。主に染料に使われていたとか。それがこの島で石灰質の土壌と潮風の塩分に出会い、こんなにも甘くて芳醇な香りを持った美しい色のフルーツに生まれ変わったんです」

「こんな味は初めて」

「そうでしょう。だけど、このフルーツがどこから来たのか、その故郷を知る者はもういません。最初は誰か知っていたんでしょうけど、もうずっと昔に死んでいますし」

「もう一杯、いただけますか」

「もちろんです、お好きなだけどうぞ。フルーツはまだたくさん残ってますから」

通りの至るところに流しの楽師や手品師、画家たちがいた。彼らはひとまず視線を引いて人が群がると、お決まりのように群がった人たちを口説いてビールを飲みにいった。そして一緒になって踊り、賭けをした。まるで友達をつくるためだけにこの島に留まっているかのようだった。連れ立って路地のなかへ泳ぎにいき、ぬれた髪のまま帰ってくることもあった。路地のそこかしこには、窪みに海水がたまってできた天然のプールが公然の秘密のように潜んでいた。その透きとおった水を手で少しかき混ぜてから舌の先で味わってみると、塩気を含んだ海水だった。海から離れているのにどうして水が涸《か》れないのか、不思議だった。

ふと、この島の空気からは潮の香りがまるで感じられないことに気づいた。埠頭で水を目にしていなければ、海に浮かぶ島だというのが嘘のようだった。海辺はどこ？　島は奥深く進めば進むほど枝分かれして複雑さを増してゆく金色《こんじき》の迷路のようだった。でも、知っている道が一つもないのだから、道を見失うこともないわ。そう思ったときだった。誰かが呼ぶ声がした。

「おばあさん、おばあさん」

「あら、どうしたの？」

「あのね、僕たち、お願いがあるんです」

小さな男の子たちだった。彼らは賭けをしているようだった。この島ではどこでも、三人寄れば賭けが始まった。

「僕たちのうちで誰がいちばん特別な子か、選んでもらえませんか」

「いいとも」

一番目の子は、完璧な円を描くことができた。その子は砂がうっすら積もった地面に指を置き、目を閉じてゆっくりと円を描いた。ある一点から延びていった曲線はぴたりと始まりの地点に戻り、一つの円が結ばれた。どの方向から見てもゆがみのない、完璧な円だった。「僕は中心点から同じ距離だけ離れている点をすべて描けるんです」と、その子は言った。しかし、円の中心点を探し当てることはできなかった。

二番目の子には、体中をあっちこっち動き回るほくろが三つあった。その子によると、ほくろは気まぐれに動き回り、自分では目の届かない首筋や舌の先、時には拳を握った手のひらに現れることもあるというのだった。三つのほくろで結ばれる三角形の重心が自分の急所で、そこを人に知られると自分は死んでしまうのだと、彼は信じているらしかった。「ほくろが動くたびに、僕の運命も変わるんです」と、その子は言った。しかし、あいにく三つのほくろはすべてどこかに隠れてしまっていたので、誰も彼の運命を知り得なかった。

三番目の子は、双子の村に生まれた。なんらかの遺伝的な要因により、村人のほとんどが一卵性の双子だった。パパもママも友達も、みんな双子のきょうだいがいるという。女たちがみんな双子を身ごもるので流産も多かった。出産のときに片方が死んでしまうと、生き残った子には泥で赤ん坊をかたどった人形が贈られた。その人形を生涯大事にして、魂の片割れを満たせるようにと。「だけど、僕ははじめから双子ではなかったのです。単独で生まれた僕は、誰にも理解してもらえませんでした」。

わたしは三番目の子の丸い頭に手を載せた。

歩いても歩いても、道は果てしなくどこまでも続いていた。わたしは息切れで胸が苦しくなり、歩道の脇にある傾いた石碑にもたれかかった。しばし体を休めながらよく見ると、道標か案内板だとばかり思っていた石碑は、誰かの生没年が刻まれた墓碑だった。この島の人たちは家族が亡くなると墓の代わりに、生前暮らしていたところに墓碑を立てるようだった。お札やお守りのような役目があるのだろうと、わたしは思った。そんな特別な石をちらほら見かけるほかには、目に入るものといったらレストランばかりだった。こんなにもたくさんあるレストランをいっぱいに満たしている客たちはいったいどこに泊まっているのだろう？　彼らに料理を売る店主たちはどこに住んでいるのだろうか？　謎だった。人が住んでいるらしき人家を一軒も見かけなかったのだ。

そのとき、御者が一人近づいてきて、馬に乗りませんかと声をかけた。

「海辺に行きたいんでしょう?」

彼の言うとおり、わたしは海辺に行きたいと思っていたが、しかし首を振った。

「わたしは馬に乗れないんです」

「馬が怖いのですか?」

「ええ。怖いんです」

御者はあきらめずにわたしを説得した。

「それなら馬はわたしが走らせましょう。お客さんはただわたしの前に座って、どうして馬が怖いのか、話を聞かせてください。馬はわたしが操ります。あなたはただ頭のなかに馬を思い浮かべながら話をするだけでいいんです。その話が終わったとき、あなたは馬に乗って、素敵な海辺に着いているはずです」

わたしは結局、その自信たっぷりの御者に馬車代を払い、馬を怖がるようになったわけを話しはじめた。

「でもごめんなさい、海に着くまでかかるような、そんな長い話ではありません。ただずっと昔、八つになった友達の娘が乗馬を習っていて落馬したことがあるんです。馬に頭を踏まれて、危うく死ぬところでした」

「それで?」

「それでというのは？」

「その出来事があなたにとって重要な事件になったのは、もっと何か理由があるんじゃありませんか？」

鋭いところをつかれて、少しためらいながらわたしは答えた。

「じつは、友達の娘にフェドラ帽をプレゼントしたんです。ただ喜んでもらいたくてね。濃いブラウンのウールで仕立てられた小さなフェドラ帽でした。杏色《あんず》をしたベロアのリボンの飾りがついた、かわいらしい形の帽子。愛らしい小さな子がそれをかぶって馬に乗ったらとても素敵だろうと、そう思ったんです。あとから知ったんですが、乗馬を習うときは金属製のヘルメットをかぶるようですね。しかし馬に一度も乗ったことがないわたしは、ただ漠然と馬に乗った人の姿を思い浮かべながら、ヘルメットと似た形のフェドラ帽を買ったんです。その子は帽子を気に入ってくれました。そして事故があった日、柔らかい頭蓋骨を守ってくれる頑丈なヘルメットではなく、わたしが買ってあげたかわいい帽子をかぶっていたんです」

頭に何もかぶっていない御者は、手慣れたしぐさで脚に力を入れて馬の向きを変えながら尋ねた。

「それで、何が起きたのですか？」

「それで……大きな手術が終わってもその子は目を覚ましませんでした。医師は、その子が生きられるかわからないと言いました。フェドラ帽のことなど何も知らない友達は、毎日わたしに電話をかけてきて泣きました。わたしは打ちのめされました。原因不明の熱が出るし、寝ているあいだに手足が麻痺して、一時は半身不随みたいになりました。ある一つの考えが頭のなかにこびりついて離れませんでした。わたしのせいで罪のない子が死ぬのだ。なんの罪もないのに、わたしのせいで。我を失っていたのかもしれませんが、わたしにはすべてがそれまでの自分の過ちがささやかな因果となって生じた報いのように思えました。当時のわたしはまだ結婚前で、妻のいる男と会っていました。愛してはいけない人だったし、わたしのことを愛してもいない最悪の男でしたが、それでもわたしは彼から離れられないだろうと、そんな絶望感を抱いていました。それほど彼に夢中だったのです。彼との関係は、知らず知らずのうちにわたしの心を蝕んでいたのでしょう。ひたひたと忍び寄っていた死が、あることを契機にふっと目の前に姿を現したのです。わたしは、もしもあの子が死んでしまったら、自分も死ぬのだろうと思っていました。どうか無事に目を覚ましますようにと祈りました。事故がなければ歩むはずだった輝かしい未来に戻れますようにと。目を覚ましてさえくれたらあの男のことはきっぱり忘れると、心に誓いました。死にゆく子と男のあいだにはなんの関係もないにもかかわらず、そう思ったんです。そして九日目、あの子が目を覚まし、まるでたったいま夢から起きたかのように何気なくママを呼び、お腹が空いたと言ったとき、わたしの胸は喜びと生への驚異の念で満ち溢れました。後にも先にも、あれほど心が満ち足りた瞬間はありません。あの男はもうわたしの心のどこにも残っていませんでした」

「それからどうなったのですか？」

御者が尋ねた。わたしは驚いた。

「話にまだ続きがあると、どうしてわかったのですか？」

「どんな話にも終わりはありませんからね。必ずどこかへ続く道がありますす」

わたしは話を続けた。

「そのことがあってからわたしは、新しくやり直したいと思いました。自分はどんな人間で、どんな人になれるのだろうかと考えました。とりあえずどこかへ旅立たなくてはと思いました。それまで住んでいた家を引き払い、仕事をやめました。そして一度も行ったことのない道や風景を旅しました。楽しかったし自由でしたが、耐えられないくらい孤独でした。たくさんの人に出会いましたが、誰もわたしのそばに留まってはくれませんでした。出会う人出会う人、去っていったのです。そして一年の旅を終えて疲れた心で帰ってきたとき、本当に不思議なことですが、それまで特別に思ったことのなかった一人の男が、自分のことを愛してくれていることに気がつきました。もっと正確に言うと、ずっと前から自分はそれを知っていたということに。そして今なら、自分も彼のことを愛せるということも。男に電話をかけると、彼はすぐに会いにきてくれました。その男が、夫なんです。わたしがいま愛しているたった一人の男。わたしは奇妙な迷路をさまよったのちに、結局彼に会えたことを驚くべき幸運だったと思っています。彼ではなかったかもしれない無数の可能性を思うと、恐ろしくなるくらい。この世界は本当に不思議に満ちています。なかでもいちばん理解しがたいことは、絶えず誰かが死に、また誰かが新しく生まれることでしょう。それが太初からくり返されてきた摂理だということ。わたしが結婚式の準備をしていたときに、友達の夫が命を絶ちました。馬から落ちた子のお父さんです。わたしは結婚式が終わってさらに数ヵ月が経ったとき、そのことを知りました。結婚式に来なかった友達が遅ればせながら結婚祝いのプレゼントをあげたいというので二人で会った席で、その話を聞かされました。友達の夫は、自分の娘が事故に遭ったあの日、浮気相手と会っていたらしいんです。娘が目を覚ましたあと、彼は妻にそれを打ち明けました。わたしの友達は初めは夫のことが赦《ゆる》せなかったそうですが、やがては彼を赦しました。平気なふりをしたわけではなく、すべての憎しみを忘れて心から赦したのだと、彼女は言っていました。それなのに結局、彼女の夫は自殺してしまったのです。友達は、おそらく娘が目を覚まさなかった九日のあいだに夫のなかで起きたある変化が、彼を死に追いやったのだろうと思っていました。それを理解できるかと、彼女はわたしに問いました。わかる気がする、とわたしは答えました。その日、別れる前にわたしたちは、彼女の娘を学校まで迎えにいきました。とても元気そうに見えるその子は、わたしに礼儀正しく挨拶しました。よく慕ってくれていたのに、二年くらいのあいだにわたしのことはすっかり忘れてしまったようでした。子どもの成長は早いですからね。本当に見違えるほど大きくなったその子はもう馬には乗りませんでしたが、まだどことなく高いところから落ちた子みたいにぼんやりしているような印象を与えました。目、鼻、口、そして顔中のあらゆる筋肉が機械のように動いているだけで、その子の内面は何も書き込まれていないかのようにまっさらに見えました」

御者はゆっくり馬を止めた。

「さあ、海に着きましたよ」


小さなホテルは海辺を見晴らせる坂の上にあった。旅行客で賑わっていた広場とは違い、ホテルの近くの海辺には人影ひとつなく、まるで別世界に迷い込んだような気持ちだった。ホテルの年老いた支配人と、あたりをのんびりうろついている数匹の猫のほかには、何も見かけなかった。わたしはチェックインを済ませて部屋に入り、窓辺の小さなテーブルに腰かけた。テーブルに用意されていたつつましいジャム入りビスケットをかじり、温かいティーを一杯飲んだ。黄色いカーテン越しに、夕陽の沈みゆく海辺を眺めながら。ホテルの部屋から見渡す海は一面、奇怪な形をした尖った岩だらけだった。波の引いた岩の隙間には、牛乳の染みのような泡が浮かんでいた。紅く染まった遠い海の彼方に鴇《とき》色の空が広がっていた。使われずに残されたいくつもの空き部屋。がらんどうの部屋。わたしはなんとなくそんなことを思いながら、しばらく休んだ。

夕食を取ろうと思い下へ降りていくと、ロビーにはやはり年老いた支配人しかいなかった。

「レストランはどこでしょうか?」

「このホテルにはレストランはありません」

わたしは戸惑いながら尋ねた。

「じゃあこのホテルに泊まる人たちは、どこで食事をするんですか？」

「海岸沿いに少し行くと、レストランがあります。とってもおいしい店ですよ。でも、急がなくてはいけませんね。もうじきすっかり日が暮れてしまいますから」

海岸を歩きながら、ホテルの支配人の言葉を理解した。日が暮れてしまうと、人工物が何もない海辺は瞬く間に闇に包まれた。人家も人影も見当たらなかった。海岸を頼りに進むしかない。右手には海が、左手には浜辺がある。このことさえ忘れなければ道を見失うことはないはずだと、わたしは思った。波が打ち寄せる海岸線は刻一刻と形を変えたが、蒼白く光る浅瀬の海が道しるべになってくれた。足の裏に感じられる砂利がさらさらした砂に変わったと思った頃、暗がりのなかから黄色い明かりの灯ったレストランが現れた。

酒が並ぶ木製のバーカウンターとテーブルが十五卓ほど置かれた、ほどよい広さのレストランは、ひと目で空席がないとわかるくらい人でいっぱいだった。テーブルはもちろん満席で、グラスを片手に壁にもたれてくつろいだ様子でおしゃべりしている人たちで店内はごった返していた。この楽しげな人たちがみんな、あの真っ暗な闇の向こうから来ているだなんて、信じられない気がした。

「お食事ですか？」

店員が近づいてきて声をかけた。唇のゆがんだ美しい女だった。内心、感嘆しながらわたしは答えた。

「ええ。だけど、席がないようですね？」

「大丈夫ですよ」

わたしは暗い壁ぎわのほうへ通された。木製の四人掛けテーブルに座っていた紳士が一人、ちょうど食事を終えて立ち上がるところだった。美しい店員はまるであらかじめそれを知っていたかのように、わたしをその席へ案内した。彼女は注文を取ると、素敵な微笑みを浮かべて、キッチンの奥へ消えた。

「心配はいりませんよ。この店はとびっきりおいしいですからね」

向かいに座る年老いた女が親しげに話しかけてきた。彼女はプレートを半分ほど食べ進んだところで、食事と一緒にボトルのワインを一人で飲んでいた。色白で少し長めのあご、そして耳には小さな真珠のイヤリングをしていた。ほかにはアクセサリーを身に着けていないので、その耳飾りはひときわ目を引いた。ふくよかな体にまとったゆったりめの洋服と靴は高級そうに見えた。裕福そうな印象だけれど、孤独な人に特有の雰囲気も感じられた。すまし顔で食事を続ける彼女のことがわたしには理解できず、落ち着かない目でその様子を眺めた。気づかないふりをしているの？　彼女はナイフで温野菜を小さく切り、ゆっくりと口に運んだ。わたしは自分とそっくりの顔をした彼女をしげしげ見つめた。照明は暗かったが、見間違うほどではなかった。これはいったい、どういうことなんだろう？　隣で食事をしている、母親と幼い娘らしき二人連れは、こちらにはまるで無関心だった。店員が料理を運んできたとき、わたしはさりげなく尋ねてみた。

「あの方が飲んでいるワインはこの料理によく合うかしら？　一本、いただきたいんですが」

美しい店員はわたしの顔をちらと見てから視線を移して、向かいの席の女のほうを見た。ワインを確かめながら、女の顔も見たようだった。そしてわたしのほうへ向き直り、答えた。

「相性は抜群なんですが、あいにくあのワインはもう売り切れてしまいました」

店員は申し訳なさそうな表情をしてみせただけで、べつだん何かがおかしいとは感じていないようだった。

「あの、よかったらこのワインを一緒に飲みませんか」

年老いた女が気さくに誘った。

「新しいグラスを一つ、お願いします」

女が店員に頼んだ。店員はすぐにグラスを取りにいった。

「よろしいんですか？」

わたしは探るように女の目を見ながら言った。わたしとそっくりの瞳を持った彼女が自分をからかっているのか、確かめようと思ったのだ。

「もちろんです、ぜひ。このおいしいワインを誰かと一緒に飲みたいと思ってました」

食事をしながら、彼女と話を交わした。彼女はわたしと同じ歳で、背丈も生まれたところも同じだということがわかった。それでもまだ彼女は本当に何も気づかない様子で、そんな偶然の一致を不思議がった。彼女はわたしのグラスにワインをつぎ足しながら、あなたの話を聞かせてくださいとせがんだ。わたしは自分がかつて愛した人たちについて話した。彼らとどのように近くなり、またどのように遠くなっていったかを。

「夫とわたしは、いくらかお金を貯めて郊外にある広い家を購入したんです。そこで子どもたちを生み育て、一緒に歳を取りながら一生を暮らそうと約束しました。夫はわたしのために、家の裏の空いた土地にプールをつくってあげたいと言いました。彼は地面を掘って平らにならし、水道と配管をつなげたあと、水がもれないよう念入りに青いタイルを敷きつめました。何から何まで彼一人でやってのけたのです。一度にやったのではなく、仕事が終わって家に帰ってから少しずつ、工事を進めました。幅四メートルに長さ十二メートル、それに水深が一・七メートルもあるプールでした」

「それはすごいですね」

「半年近くもかかってしまいました」

「それでも、やはりすごいと思いますよ」

「そうですね。深くて美しいプールが完成したとき、わたしたちはあんまり嬉しくて、友人たちを招いてパーティーを開きました。きれいな水をたたえたプールの脇に準備した食べ物とお酒を並べ、それをつまみながら泳ぎました。夫はプールからなかなか上がろうとしませんでした。息を止めて水中に潜ったままプールの端から端まで泳いでは、水面にぬっと浮かび上がるというのをくり返してました。その様子がオットセイにそっくりだと、みんながからかいました。夫はおどけて水しぶきを立てながら、オットセイの真似をしてみせました。水面にあおむけに浮かんで両手を胸の上で揃え、足をばたばたさせました。面白い表情をつくり、水中にもぐったり顔を出したりしました。夫はふだんから人を笑わせるのが好きな人でしたから。わたしたちは彼が浮かれてふざけているのだと思い、笑いました。わたしたちはそのときも彼がいたずらをしているものとばかり思っていました。しかし夫はおぼれていたのです。原因はわかりませんが、体中の筋肉が急に収縮を起こして動かなくなったのです。ずいぶん長いあいだ水を飲んだ夫は呼吸停止に陥り、病院へ運ばれました。幸いにも命に別状はありませんでしたが、しばらく酸素が遮断されたために脳の一部が損傷を受け、顔の片側がゆがんでしまいました。彼がふだん人を笑わせるためによくしていたおどけた顔に似ていました」

そのとき、レストランの片隅に明るい照明がつき、ゆがんだ唇の美女が歌を歌いはじめた。彼女は店員ではなく歌手だったのだ。歌に合わせて楽師たちが楽器を奏でた。年老いた女とわたしはしばらくのあいだその歌声に耳を傾けていた。美しい歌手のゆがんだ唇から流れ出る、見知らぬ歌に。レストランの客たちもみんな彼女の歌に聴き入っていた。年老いた女に、「彼女、とっても美しいですね」と言うと、女も同意した。歌が終わってから、わたしはまた話を続けた。

「夫とわたしは、そのことがあってからも三十六年ものあいだ、その家でこのうえなく幸せに暮らしました。プールもわたしたち家族と三十六年間ずっと一緒でした。夫は定期的にプールの水を入れ替え、床を磨き、タイルを補修しました。娘と息子はそのプールで水泳を学びました。わたしたちはそのプールを不吉に思うどころか、むしろ以前よりも深く愛しました。プールと夫のゆがんだ顔は、愛の証しのように思えたのです。底知れない不運の穴に落ち込んだけれど、そこから戻ってきたことの証拠だと。わたしたちは一緒に歳を取り、夫のほうが先に旅立ちました。ある日の朝、目覚めてみると、夫はわたしのそばで夢を見ているかのように死んでいました。夫が旅立ったことを知り、静かに悲しみに浸っていたわたしは、彼の顔が三十六年ぶりに元に戻っていることに気がつきました。歳月が流れて年老いた夫の本来の顔を、そのときわたしは初めて見ることになったのです。彼が死んだあとに。夫は、すべてが終わったことを悟ったような、穏やかな老人の顔をしていました」

年老いた女は何か考え込んでいるようだったが、しばらくして言った。

「その話はわたしの人生とはまったく違うけど、どことなくつながっているような気がします」

「どんなところがですか？」

わたしが尋ねた。

「生とはつねに死の練習だということ。夢が生の練習であるように」

帰るべき時刻になったので、年老いた女とわたしは挨拶を交わした。

「楽しかったです」

わたしは心からそう言った。

「ところでわたしたち、顔が少し似ていると思いませんか？」

わたしはついに抑えきれなくなり、おそるおそるそう尋ねた。女は驚いた表情で首を横に振った。

「いいえ。わたしはずっと、あの美しい歌手とあなたが似ていると思ってました」


レストランを出ると、ホテルまでの暗い帰り道がふと心配になった。一人で道に迷わずに帰れるだろうか？　でもそんな心配が無駄に思えるくらい、真夜中の海辺は明るい光に満ちていた。人々は海辺に明かりを灯し、群れをつくって歩いていた。それは祭りのパレードのようでもあれば、儀式的な意味が込められた踊りのようでもあった。気づけばわたしもその輪に加わっていた。彼らと一緒になって、たゆたう波のように動いた。わたしたちがどこへ向かうのか、どこからやってきたのか、それはわからなかった。闇を追いやる烽火《のろし》は、人の手から手へと渡された。烽火が自分の手に回ってきたとき、わたしは顔にかかる熱気にたじろいだ。それでも最後までそれをしっかり握り、次の人に手渡した。

あとから知ったことだが、それは誰かの結婚式だった。島の慣《なら》わしで、人々は暗い海と夜空が降りあう海辺で結婚式を挙げた。黒々とした水のなかへ白い花を投げ入れながら、彼らを祝福した。そんな行列は一つではなかった。闇が降りた長い海岸いっぱいに人々の行列が続いた。誰かの結婚式のすぐそばを、別の誰かの葬儀の行列が通りすぎていった。人々は互いによけて通ったり押しあったり、また混ざりあって一つの群れになったりした。誰かを傷つけずにこの海岸を通り抜けることは可能だろうか？　わたしはそんな途方もない考えに沈んだ。

そのとき、人混みのなかから誰かに手をつかまれた。

「あなたの旅が安らかでありますように」

島の入り口で家族連れに占いを売っていたあの老婆だった。わたしがポケットからおもむろに一枚の小銭を取り出すと、彼女は満足そうな顔になり、細い枝のような指でそれをつまんで持っていった。

「この世界の秘密を、そなたに授けよう」

老婆は歳の読めない皺くちゃの顔をわたしのほうへ近づけて、耳元でささやいた。

「誰もがいつかはたどり着く、空っぽの海辺がある」

老婆は謡うように続けた。

「ある者はその海辺にしばし腰を下ろすだけで去ってゆき、ある者は海辺を散策するようにゆっくり通りすぎる。またある者はその海辺を長いことさまよい歩き、別の者は海辺が気に入ってそこに家を建てて暮らす。自分が海辺をさまよっていたことを忘れてしまう者もいれば、海辺にたどり着いたことに気づかないまま一生をそこで暮らす者もいる。なかには、水平線に沈む夕陽を愛するあまり、海辺をさまようよりもその一部になることを望む者たちもいるのさ」

老婆はこれで終わりだというふうに手をあわせ、挨拶をした。

「あなたは詩人ですか」

わたしは尋ねた。

「あたしゃ小銭を稼ぐ商人《あきんど》さ」

「ほかには何を売りますか」

小さな老婆は、しばらくわたしの目をじっと見上げた。

「夢を見ている人には、真実を売ることもある」

「真実はいくらでしょう?」

わたしが小銭を差し出すと、老婆は首を振った。それから腕を伸ばしてそっとわたしを抱きしめてくれた。わたしは老婆が耳元でささやく声をはっきり聞いた。

「わたしたちはみんな、不思議な穴のなかに落ちているんじゃよ」

老婆はわたしから離れると、こちらを見て哀しそうに笑った。わたしも、もう帰らなければならないことを知りながらも、物哀しい気持ちになった。

閉じていた目を開けて、あちらの世界に降りそそぐ光を見た瞬間にこの夢から覚めてしまうであろうことを、わたしは知っていた。昼下がりに芝生の上で本を読んでいて、両親のひざの上で眠りに落ちた七つの少女に戻るであろうことも。初めの何秒かはまばたきしながら、自分がすでに生きた人生の大切な瞬間を振り返るけれど、たちまちすべてを忘れて、世界の秘密と真実をまだ知らない子どもに戻るであろうことも。未来に対する好奇心と恐怖を抱きながら、しかし不思議な既視感のなかで生きていくであろうことを知っていた。あちらの世界の光よりも先に、両親の声がかすかに聞こえてくる。夢を見ている幼いわが子を見つめながら、この小さな娘がやがてどんな秘密を胸に秘めた女性に成長するのだろうか、成長したこの子は、この午後に見た不思議な夢と夢中で読んだ本、そして幼い頃のすべてを、どんな神秘的な姿で記憶することになるのだろうかとささやきあう声。この子が持つ特別な運命はどんな不可解な姿で近づき、人生の一部になるのだろうか。人生の不思議な迷路のなかで、この子はどんなふうにして愛を見逃すことなく見つけるのだろうか。それを見つけた喜びでどれほど幸せになるのだろうか。そうしたことに想いをめぐらしている若い両親の純粋な愛を感じる。しかしわたしは、これらすべてのことをまだ知らずに生きていく準備をしながら、古い魔法から解けるように目を覚ます。

海辺の迷路

アラが生まれてから九ヵ月後に、アソンが生まれた。寒さがいくぶん和らいだ穏やかな冬の終わりにアラが生まれ、その年の冬がまた訪れて肌寒くなる頃にアソンが生まれた。それでもなぜか姉妹にとっては、アラが姉でアソンが妹だということがいつも奇妙に思えた。そんなふうに定められた誕生日には、何かねじれた秘密やすり替わりがあるような気がした。二人の母親は、アラを産んだあとすぐに授かったアソンを七ヵ月で早産したとき、こう言った。「やっぱりこの子たちはもともと双子だったのよ。わたしにはわかるの」。

それはアラもお母さんのお腹のなかにいたときからはっきりと感じていたことだった。肌と粘膜を包み込む柔らかな羊水と生ぬるい闇のなかのどこかに自分以外の何かが存在していることを、アラは一度も疑ったことがなかった。だから一人だけ先に生まれていた九ヵ月のあいだ、アラは黒い目を大きく見開いて不思議そうに辺りを見回し、ときどき母親のお腹に向かってふらふらとその小さな手を伸ばした。しかしアラの両親はそれがこれから起こる出来事や新しく生まれてくるであろう存在を示しているのだとは思わなかった。

アラの名前がアラだったので、両親はアソンをアソンと名づけた。アソンは言葉を話せるようになったとき、名前の発音を難しがって自分のことをアラと呼んだ。アソンが小さな手のひらで自分の胸をトントンと叩きながら「あたし、アラ」と言うと、アラは少し考えてから言った。「アラはあたしだよ？」。初めの一年はアラよりアソンのほうがずっと小柄だったが、二歳になる頃には体格や語彙力に大きな差はなくなったので、初めて見る人たちはみんな二人のことを双子だと思うようになった。

しかし、アソンの生まれ持った利発さに周囲の人たちが気づくまで、そう長くはかからなかった。アラとアソンはよく小さくて平べったいプラスチック製のブロックで尖塔がそびえるお城や迷路を作って遊んだ。そんなある日のこと、額を合わせて遊びに熱中している幼い娘たちを近くで見た父親は、一つ変わった点に気づいた。二人は何かを作りはじめる前にまずブロックを公平に分けているところだった。いつもそうしているらしく、それが当然だというように。アソンが正方形や長方形、棒形、十字形、L字形、T字形のブロックを一つずつ慎重に選《よ》り分けるのを父親は微笑ましく見守った。分類が終わると二人とも無言でブロックに夢中になったが、アソンのほうが組み立てる速度が速かった。何も考えずにただ手だけを動かしているかのような速さだった。まるでこれから作られる形とそれを作るための順序がもうすっかり頭のなかにあるみたいに。アソンは手持ちのブロックを一つも残さず使いきって二枚の帆がついた完璧な左右対称型の帆船を完成させた。彼女は自分が作ろうとしている構造物の形態をあらかじめ完全なかたちで構想してからそのために必要なブロックだけを取り、残りはすべてアラに譲っていた。

検査を受けた専門機関では、アソンの空間知覚能力と認知推定思考力に注目した。試しに関数と確率の概念を教えてからそれを理解できるかをテストしてみると、アソンはそれらをただ理解するだけでなく、習った数学の形式に基づいて微分と積分の原理を導き出してみせた。数式や幾何学的証明を用いて解くことはできないものの、自分なりのやり方でそれらを理解し、説明することができたのだ。それは彼女が連続して変化するものの形態と速度を予測できることを意味していて、例えば気温が上昇するにつれて北極の氷河がどれくらい溶けるのか、台風がどこから始まってどんな軌跡を描きながら移動し、やがて消滅するのかを思考できるということだった。仮にアソンが飛びゆく鳥の動きを何気なく眺めたとするなら、彼女はそこに内在する秩序と規則性を見出し、パターンを演算することができる。それはすなわち過去と未来を並べて同時に想像する経験であると言うのだった。アソンはそのとき、たったの四歳だった。

両親は驚くとともに嬉しかったが、同時に怖くもあった。わが子が平凡な人生とはかけ離れた見知らぬ未来へと流されてゆくのではないか、ひょっとしてそれは数奇で険しい道のりになるのではないかと恐れたのだった。それに仲良し姉妹のアラとアソンが互いに距離感を感じながら育つのはひどく不幸なことのように思えた。専門家たちはアソンに見合った教育を提供できる学校や海外にある有数の施設を勧めたが、両親は首を横に振った。「わたしたちは今のままで十分なんです。幸せは今ここにありますから」。

その頃、アラは肺炎をこじらせて喘息を発症した。二人は一心同体のようにいつも同じものを食べ、同じ時間に眠っていたのに、アラは肺炎になり、アソンは肺炎にならなかった。アラがむせたり笑った拍子に呼吸困難を起こしたりすると、両親はすぐに駆けつけて吸入薬を与えた。そして背中をさすってやり、ぎゅっと抱きしめてあげた。夜も眠っているあいだに呼吸が止まってしまうのではないかと心配し、代わるがわる部屋に入ってはアラの鼻と口元に耳を当ててみた。アラとアソンは一つのベッドで一緒に寝ていたので、ときどきアラの呼吸が荒くなるとアソンが起きて暗闇のなか手さぐりで枕元の吸入薬を探しあて、アラの口元にかけてあげた。

一方、軽い夢遊病の症状があるアソンが真夜中に真っ暗な部屋のなかをさまよい歩くと、アラがぱっと目を覚ました。そしてアソンの手を引いてベッドに連れ戻し、ふとんをかけてあげた。アソンはときどきクローゼットを開けてなかをのぞき込みながらぶつぶつと何かをつぶやくこともあった。アラが近寄っていってなかをのぞくと、きれいに折りたたまれた余分のふとんと雑多な物が入ったかごがあるだけだった。翌朝になってあのとき何をしゃべっていたのかとアラが訊くと、アソンは覚えていないと答えた。

アラとアソンが育ったマンションでは、よく整備された水路を流れるきれいな海水をどこにいても見ることができた。子どもたちがブランコやシーソー、ジャングルジムで遊んでいる公園、敷地内にあるボーリング場やソフトボール場、レンガ造りの扇状階段に囲まれた野外劇場があるところのすぐ近くまで、浅い海水が染みのように入り込んでいた。六角形のあずまやがある小さな人工の湖も、じつは海水を引いてつくられたものだった。海岸へと続く大きな水路に沿ってウッドデッキの散策路が整備されていて、それより少し高いところに自転車とスケートボード用の赤いウレタン舗装路があった。春になると、たまっているように見える静かな水面に淡い紅色の柔らかな桜の花びらがはらはらと落ちた。その道を三十分ほど歩くと、緩やかな弧を描く海水浴場があった。

夏には砂浜に大きなビーチタオルを敷き、家族四人で水遊びをした。アラとアソンが十歳になった年の初夏のある日のことだった。三人目を身ごもっていた母親は海には入らず、砂浜で日光浴をしていた。アラとアソンが水遊びの合間に手足に柔らかい砂をつけて帰ってくると、母親はしょっぱくなった口のなかに食べやすい大きさにカットしたすいかと桃を入れてやり、半分凍らせた冷たいりんごジュースにストローをさして渡した。そして両親はライム入りの炭酸水を飲んだ。

その日、アラの吸入薬をうっかり忘れてしまったのは母親のほうだった。いつ急に発作が始まるかわからないのでいつも余分の薬を持ち歩くようにしていた父親も、その日は水遊びに適したゴルフシャツと短パンに着替えるときに薬をジャケットの内ポケットに入れたまま置いてきてしまった。「車で来ればよかったな」。父親はそう後悔しながら急いで家に戻った。そのあいだ、母親は二人の娘に海に入らないように言った。身重の体で二人の子どもの動線を追うのは大変だったからだ。アラはおとなしくうなずいて母の言葉に従ったが、アソンはすぐに退屈してしまった。母親はぐずるアソンをなだめていたが、ついに海に入ってもいいと許可した。その代わりここから見えるところから離れてはいけませんよ、という注意と共に。父親に水泳を習ったアソンは泳ぎが得意だったし、直感的に反応できる運動神経と健康な体を持っていた。一方、長いあいだ息を止めなければならず、たまに水を飲むこともある水泳はアラには無理だった。

碎ける白波のまぶしい泡しぶきに向かってはしゃぎながら駆けてゆくアソンの後ろ姿を、母親はしばらく見守った。それから視線を移して、おとなしくジュースを飲んでいるアラを見た。一瞬、あのジュースでむせてしまうのではないかという不安がさした。乾いた咳が出はじめて呼吸が早くなり、だんだん蒼白になっていくのに、薬を取りにいった夫が帰ってこなかったらどうしようかとふと怖くなったのだ。飲んでいるジュースを取り上げようかとも思ったが、そうせずにただ甘くて危険な薄いピンクの液体がアラの喉元を通るのを注意深く見守った。幸いなことにアラは父親が戻るまで発作を起こさなかった。ようやくほっとした母親に父親は尋ねた。「アソンは?」。

アラは母親のそばで、男たちが大声で何かを叫びながら海辺を走り回り、父親が何度も海へ潜るのを見ていた。母親はアラの肩に重い手を載せたまま、波が引いたあとの濃い色の砂浜と穏やかな水平線の彼方を焦りに満ちた目で見つめていた。そんな時間が長く続いた。雲の隙間に夕陽がにじみ始める頃、ついに小さなボートがアソンを乗せて帰ってきた。ボートでもすでに応急措置を試みてはいたが、救急隊員たちが柔らかい砂浜にアソンの小さな体を横たえて、骨が折れそうなくらい胸を圧迫した。夫の泣き声を聞いたとき、母親はついに抑えきれなくなり、アラをひとりそこに残してアソンのほうへ駆けつけた。

アラは集まった人たちの腕や脚のあいだから、砂の上にぐったり横たわるアソンの顔を見ることができた。透きとおるような白い頬にぬれた髪が数本ひっついていた。まぶたは安らかに閉じられ、唇は放心したように開かれていたが、そこからはどんな意味を読み取ることもできなかった。全身ずぶぬれなのに肌に染み込んだ水気がまるで感じられなかった。単調な顔だ、そうアラは思った。自分たちは似ていないと思っていたのに、表情が抜け落ちたアソンの顔は自分と似ているように見えた。意志や考えを持った魂の存在をそのときのアラは理解できなかったが、死とはあのように特性あるものがすべて失われて単純になった瞬間なのだと思った。

衝撃が大きかったので流産する恐れがあるともささやかれたが、母はアソンの葬儀を終えてから間もなく無事にわたしを産んだ。異様な暑さと日照りが続き、陰惨な熱気が漂うその年の夏に。アラの名前がアラでアソンの名前がアソンだったので、わたしはアへと名づけられた。わたしはアラのほかにアソンという名前の姉がもう一人いたことを知らずに育った。母は後年それを教えてくれたとき、こんなことを話した。

「あなたたちは本当は三つ子なのよ。アラを産む前に、三匹のピンクイルカが水と光のなかでわたしを取りまいてぐるぐる泳いでいる夢をみたの。胎夢〔赤ちゃんを授かる前後に妊婦や家族が見る予知夢〕を見たのはそのときだけだった。あるいはイルカは初めから一匹だけだったのかもしれないわね。わたしが見たのは波に映った残像か幽霊だったのかもね」

＊＊＊

アソンには九ヵ月先に生まれた姉がいたが、彼女は十歳になった年の夏に交通事故に遭い、両親と共に死んだ。家族で近くの海辺まで水遊びに出かけた帰りだった。前の座席に父と母が、後ろの座席にアソンと姉が並んで座っていたが、そのうちアソンだけが生き残った。アソンにとってそれは生涯の謎として残った。事故当時、母のお腹のなかにはもうすぐ生まれるはずだった妹がいたが、アソンはその子に会えなかった。

信仰心が厚く、温かい心を持ったイナ伯母さんがアソンを快く引き取ってくれた。初めのうちアソンは不思議なくらいこれといった徴候を見せなかった。伯母が食事や睡眠、あるいはその時どきの気分について「本当に大丈夫？」と訊くと、「はい、とても元気です」と答えた。今は大丈夫でも家族を一度に失った衝撃が心の底深く潜伏していて、大事な成長期にさしかかったときや生涯にわたって浮かび上がるかもしれないと、親戚たちは心配した。

ずっと子どもを欲しがっていた伯父は、アソンに優しくしてくれた。映画の配給会社で輸入を手掛けている彼はちょくちょくアソンを映画館に連れ出し、教育的な内容の子ども向け映画や美しい幻想の世界へ冒険にくり出すアニメなどを観せてくれた。伯母も一緒のときもあったが、映画の時間はたいてい伯父が伯母のためにつくってあげた仕事の時間だった。伯母はいくつかの出版社から定期的に仕事の依頼を受けて、人文書やエッセイの翻訳をしていた。

アソンが十二歳になったある日のこと、映画館で映画を観ていた彼女がふと隣の席を見ると、伯父は目をつぶっていた。眠ってしまったのかなとも思ったが、そうではないことはすぐにわかった。伯父の唇とまぶたがかすかに震えていた。伯父は突然席を立ち、映画館の外へ出ていった。そして映画が終わり、照明がつくときになっても戻らなかった。アソンはなぜかそこから動いてはいけないような気がして、席に座ったまま伯父を待ち続けた。清掃のために入ってきたスタッフに名前を尋ねられたとき、ようやく伯父は現れた。

その日、帰宅してから伯父は何事もなかったかのように振る舞った。実際、何かがあったわけではなかったが、その夜の伯父の行動はアソンにとって奇妙な記憶として残った。伯父はいつものようにベランダの鉢植えの向きを変えてやり、受け皿にたまった黄色い泥水を排水溝に流した。それからぷっくりしたアロエの葉の先端をハサミで切り、ヨーグルトに入れて食べ終えると、歯を磨き焼き塩でうがいをした。寝る前には寝室で伯母と話しながら小さく笑う声も聞こえた。ふだんと変わったところは何もなかった。しかしその数日後、伯父は失踪した。

なくなった物も遺言状のような書き置きもなかった。会社から自宅までの動線をたどってみても、とくに変わった点は見当たらなかった。誰かに恨みをかうような人間関係や逃避衝動を起こしそうな行跡もなく、事件を調べた警察も失踪が本人の意志によるものなのかそれともなんらかの事件に巻き込まれたのかすら断定できなかった。捜査でわかったことと言ったら、その日、仕事を終えて帰途についた伯父がいつも乗っているバスではなく別のバスに乗ったということくらいだった。バス停の防犯カメラに伯父の姿が写っていた。彼が乗ったのは、もともと乗るはずだったバスと似ているがまったく違うバスだった。

そのときからイナ伯母さんの人生は大きく方向を変えた。彼女は不眠症の症状を見せ、何日も眠らずにひたすら本を翻訳した。そのあいだ、ワインを何杯も飲み続けた。そうして気づかないうちに少しずつ伯母のなかにあったかすかな境界が崩れていった。彼女は次第に自分がそれらの本、いわば蓄積された知識から導き出される原理や誰かの経験から得られた考えに露ほどの興味もなく、もうずっと前から自分の仕事にうんざりしていたことに気づいた。そしてじつは自分は神の存在を確信できず、他人《ひと》の事情に心から共感したことがないこと、夫を愛したこともなく、彼がいなくなった今、それまで感じたことのない奇妙な生気がみなぎるのを感じた。伯母は高級そうな洋服を着てしょっちゅう外出するようになり、いつも酒に酔って帰ってきた。泥酔して帰った日には、家中の電気をつけっぱなしにしたまま服を脱ぎすててソファで寝入ってしまった。連絡もなしに何日も帰らないこともあり、そのうち見知らぬ男たちを家に連れ込むようになった。伯母と男が何かを食べるとアソンもそれを一緒に食べ、彼らがいなくなると残ったものを食べた。男たちがときどき同情と好奇心を込めてアソンに紙幣を渡すこともあったが、伯母はそれに気づかないふりをした。彼女はアソンのことなどすっかり忘れてしまったかのように振る舞った。しかしアソンはいつも伯母に責められているような気がしたし、実際に自分が伯父について何か彼女に話していないことがあるように感じた。それが何かはアソンにもわからなかったが、それでも彼女の感じる罪悪感には確かな実体があった。

アソンがそんな罪悪感を初めて誰かに打ち明けたのは、クギョンだった。高校の演劇部で一緒だったクギョンは色白の顔にどこか幻想的な目をした男の子で、軽い喘息を患っていた。そんな彼を見てアソンは幼くして死んだ姉が吸入薬を吸い込んでいた姿を思い出した。クギョンにその話をすると、彼は自分にも先に生まれるはずだったきょうだいが一人いると話した。両親が経済状況を考えた末に堕ろしてしまったのだと。クギョンの両親はお腹のなかの子を堕胎したあとそのことをほとんど忘れて過ごしていたが、やがてその選択が彼らのあいだに存在していた何かを後戻りできないかたちで永久に損なってしまったことに気がついた。それは二人のあいだに共有された感覚や潜在的な可能性に近い、無形の実体のようなものだった。そして翌年、クギョンが生まれた。クギョンは、お互いを赤の他人ほども大事に思わないが子どもにだけは盲目的な両親の愛情には何か疑わしいものがあり、ひょっとすると自分は誰かの人生を代わりに生きていて、両親はそのことを自分にはっきりと自覚してほしいのではないかと思うようになった。両親が自分のことを愛しながらも、他方で彼らの本当の子どもがいるべきところに居座る侵略者のように感じ、憎んでいるのではないかと。「つまりさ、前後関係から最終的に導かれた結論がそれをもたらした原因であり、すべての起源でもあるってこと。まるでメビウスの輪のようにね。いつかどこかですでに始まっていて、終わりは消えてしまった」。クギョンは指先でアソンの目の前に入り組んだ模様を描いて見せながら、君が伯母さんに対して抱いている感情もそんなかたちなんじゃないかな?と尋ねた。そうかもね、とアソンは答えた。

アソンは成人するとすぐに大学の近くに部屋を借り、クギョンと同棲を始めた。両親が遺したいくばくかの財産と保険金をイナ伯母さんが預かっていたが、元金からだいぶ減ってはいたが、伯母のほうでもまるで古い取引にけりをつけるようにすぐに清算してくれた。アソンは可もなく不可もなくといったそこそこの成績をキープしていたので、クギョンの大学とキャンパスが近いある大学の文献情報学科に入学することができた。もちろん本や文章が好きというわけではなく、大学にも興味はなかったが、かといって自分で積極的に何かを決断してほかの進路へ進むにはこれといってやりたいこともなかった。一方のクギョンは、戯曲を書きたくて何年も前から目指していた大学に進学した。彼は大学の図書館にこもって本棚に囲まれた広い机に座っているのが好きだったし、家に帰ってからもベッドに寝そべってノートに何かを書いていた。アソンはこんなにも賢くて精神的に成熟した人は初めて見ると思ったが、クギョンの考えは違うようだった。「本当にすごいのはアソンのほうだよ。君は自分がどんな人かまだ知らないようだけど」。するとアソンは笑いながら、「わたしは本当に何もしたくないし、何にもならないつもりだよ」と答えた。

アソンとクギョンは同じベッドで寝起きしたが、セックスはしなかった。どうしてそんなことをしなければならないのかよくわからないし、やりたくないと、アソンが言ったからだった。クギョンはそれでも何度か誘ってみたが、やがてアソンの意見を尊重してきっぱり断念した。そのうち二人はキスすらしなくなったが、それでも変わらずとても仲が良かった。アソンにとって唯一不満があるとすればそれはクギョンが一人思索にふけるときで、そんなとき彼女は冷たい水のなかに打ち捨てられたような気持ちになった。その頃、アソンは少し痩せてどことなく可憐な感じがしたので、男たちによく声をかけられた。そんな男たちを見るとアソンはかつてイナ伯母さんが会っていた男たちを思い出したが、自分の気を引こうとする男たちを気づかないふりをして放っておいた。ときどき、彼らと一緒に飲んだことをクギョンに見つかることもあった。ふだんはおとなしいクギョンがあれほど怒る姿をアソンは初めて見た。アソンが負けじと最後までしらを切り通すと、クギョンは謝りながらアソンを抱きしめた。アソンが去ってしまうことを恐れて、彼女の言うことを信じるふりをして仲直りするのだった。アソンは表には出さなかったが、そんなクギョンにいつも深く感動した。

冬にはクギョンに内緒で、ある有名な政治家のボディーガードをしているヒョンジュンと二人で温泉旅行に行った。ある夜遅く、アソンが河原でクギョンと電話でけんかをしていたとき、少し離れた階段で友達とビールを飲んでいたヒョンジュンがアソンを見かけた。ヒョンジュンの視線に気づいたアソンがわっと泣きながら電話を切ってみせると、彼が近寄ってきて声をかけた。それ以来、ヒョンジュンはよくアソンをジャズバーに連れ出し、自分が警護している政治家の汚い噂話をあれこれしゃべった。彼によるとその政治家は、自分なりに信念を持って生きている人たちを踏みにじり、そうして屈服させた人たちを利用してまた別の人たちを攻撃するといったやり口で、いとも簡単にこれまで政治的な勝利を手に入れてきた。ヒョンジュンは自分はそんな人間には嫌悪感を覚えるのだと言い、じつはその政治家の情報を裏で売ってひと儲けしたのだと、こっそり教えてくれた。しかしアソンはそんな話は退屈なだけだったので何を聞いても適当に聞き流して、ひたすらクギョンが自分をどんなに寂しく一人にしておくのか、それでも自分が彼のことをどれだけ愛しているのかについてしゃべり続けた。

ヒョンジュンは一緒に旅行に来てくれた感謝のしるしにウッディ系の香りのする高価なコロンをアソンにプレゼントした。温泉から上がり、うなじにつけたコロンの香りを嗅ぎながら冷たいハイボールを飲んでいると、それらしい雰囲気になった。ヒョンジュンは辛抱強くアソンの服を一枚ずつ脱がせていってついにベッドに連れ込むことに成功した。最後にはアソンのほうでも今日はもういいかなという気持ちになった。とても長いセックスだったがアソンは何も感じなかったし、時間が経つほどにむしろ気持ちが冷めてしまって、ついにセックスが終わって体を離したとき、二人はとても気まずくなった。そんな雰囲気をまぎらわすために、ヒョンジュンはあれこれしゃべり始めた。彼は数年前まで飛び込みの選手をしていたのだと話した。小さいときから訓練を受けてきたし、かなり期待される選手だったが、あるときやめてしまったのだと。アソンがどうしてかと理由を訊くと、彼はある夢のせいだと答えた。

「ある日、夢のなかで目覚めてみたら、俺は真っ逆さまに落ちているところだったんだ。落下するスピードは速かったけど、顔にふれる空気はしっとりして柔らかく感じられた。俺は遠く下のほうに湖のように静かな海があって、その奥にある夜空のような紺碧色のブルーホールのなかへと自分が落ちていることを悟った」

「ブルーホール？」

「海底にある深いシンクホールのことだよ。俺はいつも訓練していたとおりに素早く入水の姿勢を取った。最初に水面にふれた瞬間には弾力性のあるゼリーのなかに体を沈めるような感触だったんだけど、すぐにものすごい勢いで急流に押し流された。あがけばあがくほど深く吸い込まれていった。穴のなかは途方もない広さで、俺はだんだんどっちが上でどっちが下なのかさえわからなくなった。ただ自分がどこかへ流されていることがわかるだけで、まるで広大な宇宙にいるかのようだった。夢から覚めたとき、俺は自分がその海であり夜でありまた宇宙でもある暗い穴のなかをとても長いあいだ、ひょっとすると一つの長い生涯をかけてさまよっていたような気持ちがした。その夢を見て以来、どんなに頑張ってももう一度と水に入れなくなったんだ」

旅行から戻ったあと、アソンはクギョンとも何度かセックスをしてみたが、すぐに興味を失い、また前と同じ関係に戻った。クギョンは演劇を一緒につくっている大学の仲間たちと夜遅くまで会議で忙しく、セミナー室で徹夜する日もあった。アソンはイナ伯母からもらったお金が底をついてきたので、生活費を稼ぐために大学の図書館で一日四時間ずつ働きはじめた。その日も図書館に向かっていると、ヒョンジュンから電話がかかってきた。彼からは一ヵ月くらい連絡がなかったので、アソンのほうではもう関係は終わったものと思っていたところだった。アソンが電話に出ると、ヒョンジュンではなく救急隊員が電話口で事故があったことを告げた。ヒョンジュンが五階建てビルの屋上から落ちて、下に駐車されていた車のフロントガラスに頭から突っ込んだのだと。事故の詳細はまだわからないがすぐに手術をすべきだと。家族かと尋ねられて、家族ではないけどすぐに行きますと答えた。

病院のロビーに着いたアソンはすぐに手術室の位置を尋ね、そちらへ駆けつけた。長方形の透明な窓のついた銀色の自動扉をくぐり抜けると、もう一つ大きな扉が現れた。小さなグリーンのライトが灯っている内側の扉は開かなかった。そこは椅子一つなくがらんとしていて、アソンはかなり長いあいだその場に立ちつくしていた。しばらくして年配の清掃員の女が現れ、ここにいてはだめだと言って片隅を指さし、あの角を曲がったところにある奥の部屋でほかの患者の家族たちと一緒に待つようにと言った。そこは外科の待機室で、人々はプラスチック製の椅子に座っていた。アソンは縦長の黒い電光板に黄色い文字で映し出された名前を見上げた。

名前の横にはそれぞれ、手術待機、手術中、手術終了といった状態が表示されていた。ヒョンジュンは手術中だった。クギョンから電話がかかってきた。ここへ来てほしいとアソンがお願いすると、クギョンは何も訊かずそうすると答えた。

回復室に移されたヒョンジュンに面会に行ったとき、彼の顔は傷とあざだらけで、元の顔がわからないくらい醜く膨れあがっていた。アソンは内心、もうヒョンジュンは元の顔には戻れないだろうと思った。クギョンはアソンの少し後ろに立って、好奇心も敵意もこもっていない目で見知らぬヒョンジュンを見つめていた。ヒョンジュンに意識があるように見えたので、アソンはそばへ寄り、声をかけた。「誰かに押されたの？　危険な状況に陥ってるの？」。しかしヒョンジュンは最後まで何も答えなかった。ただ夢を見ているような朦朧とした目で瞬きしながら、アソンとクギョンを見るだけだった。

病室を出たあと、クギョンに寄りかかるようにして白い長廊下を歩いていたアソンは、ふと足を止めた。そして後ろを振り返り、あとになんの痕跡も残さずに歩いてきた床を見つめ、もう一度前方の道を見やった。その瞬間、彼女はとても奇妙な違和感に襲われた。自分が今どこにいるのかまるでわからなくなった。この世界では何かおかしなことが起きていて、その兆候は至るところにあったのに、一つも気づかずみんな見落としてしまったような気がした。アソンはある既視感に見舞われた。彼女は目に見えないがかすかに感じられるパターンのようなもの、巨大な時空間の作為的な模様のようなものを感じていた。突如としてアソンのなかに感情がこみ上げ、抑えられない涙となって溢れた。彼女は両手で顔を覆い、長いこと声もなく泣いた。いつだったかその瞬間について話してくれたとき、がらんとした廊下にうっすら点滅していたかすかな灯りとひっそりした空気を覚えていると彼女は言った。自分を取りまく世界がしばし動きを止め、そばにいるクギョンの温かな吐息だけが感じられたのだと。その瞬間を思い浮かべると悲しい気持ちになるのかと僕が尋ねると、アソンは微笑みながら首を振ってみせた。

「わたしにわかるのはただ、それからたくさんのことを経験することになる幼かったわたしが、一瞬そこに立ち止まっていたということだけなの」

＊＊＊

アラは二十九歳になった年の五月にウィーンを訪れた。蒸し暑い台北を経由して、ウィーンまで十三時間の深夜便に乗り継いだ。翌日の午後に開かれる理論物理学のセミナーに参加する予定で、そのあと気が向けばもう数日ホテルに留まりながら街と美術館を見て回るつもりだった。機内食でほうれん草入りのあっさりしたオムレツを半分ほどとじゃがいものニョッキ、そしてりんごを一切れ食べた。食後に飲み物の希望を訊かれて赤ワインを頼んだが、手違いがあったのか客室乗務員から手渡されたのは白ワインだった。ひと口飲んでみると渋味が強く生ぬるかったので、飲まずにそのまま片隅に押しやった。そのとき、男が片手を挙げて客室乗務員を呼び、赤ワインを頼んだ。三人掛けシートのうち通路側に彼が、窓側にアラが座っていて、真ん中は空いていた。彼から差し出された小さな雫の形のグラスを受け取りながら、アラは小さな声でお礼を言った。それっきり、機内はまもなく就寝モードになり薄暗い闇に包まれた。

彼がアラに話しかけたのは、飛行機がウィーンに着陸して乗客たちが席を立ち、手荷物やスーツケースを手に狭い通路を出口に向かってゆっくり進みはじめたときだった。アラがイヤフォンで音楽を聴いていると、後ろにいた彼が軽く肩を叩いて、いま聴いているのはなんの曲かと尋ねた。アラは片方のイヤフォンを耳から外しながら振り返り、音がもれていたのかと訊いた。彼は自分が耳をすましたから聞こえただけだと笑って答えた。そんなやり取りをしながら二人は人の流れに押されて前へ進み続けた。飛行機とターミナルビルのあいだをつなぐ、天井と壁が透明なガラスで覆われたボーディングブリッジに差しかかったとき、彼のほうが先にアラに気がついて言った。「アラとアソンのうちのアラだよな？　そうだろ？」。ようやくアラもキウォンのことを思い出した。アソンが死んだ年に自分たち姉妹と同じクラスにいた子だった。事故があった直後にアラの家族がほかの街へ引っ越したので、その後会うのは初めてだった。思えばもう二十年近くも誰かに「アラとアソンのうちのアラ」と呼ばれたことがなかったことに気づいた。二人はしばらく足を止めて、いくらか変わった互いの顔をのぞき込んだ。まばゆい朝陽が四方から降りそそぎ、まるで宙に浮かんでいるような心地だった。

アラはキウォンと一緒にケルントナー通りまで行き、軽い朝食を共にした。小さく切った温かいパンケーキにすもものコンポートを添えて食べ、卵焼きと塩気のきいたチーズも頼んだ。食事をしているあいだにアラは、キウォンが国際的な環境運動団体で活動していて、もうずっと前から気候変動と食糧危機、生態系と種の絶滅、環境汚染や戦争といった問題に熱心に取り組んできたことを知った。ウィーンに住むドイツ人の環境運動家の夫婦がしばらくアパートを留守にするので、そのあいだ休暇がてらそこで時間を過ごすことにしたのだとキウォンは話した。そして、セミナーが終わってから自分が滞在しているアパートで一緒に夕飯を食べないかと、アラを誘った。料理のための材料とワインを仕入れておくからと。アラは腕時計をのぞき込み、五時前には終わりそうだと答えた。キウォンはアラをホテルまで送ってゆき、みやげ物ショップでクリムトの〈接吻〉が描かれたカードを買って、そこに連絡先を書いてくれと言った。

キウォンと一緒にいるあいだもアラははっきりと好意を感じていたが、一人になるといよいよ居ても立ってもいられなくなった。セミナーのあいだもキウォンのアパートを訪れることだけで頭がいっぱいだった。アラはそれまで自分は警戒心が強く、ゆっくり時間をかけて人に心を開くほうだと思っていたが、そうではないようだった。彼と同じ教室にいた幼い頃にはなぜ何も感じなかったのか、どうして昨夜は十三時間ものフライトのあいだあれだけ近くにいながら時間を無駄にしてしまったのか、自分でも不思議なくらいだった。キウォンに会って彼の目をのぞき込み、自分がいま感じている感情の正体を見極めたかった。すでに確信はあったが、それでもやはり確かめたいと思った。

ドイツ人夫婦のアパートには古めかしい木製の小さなエレベーターがついていた。それに乗って三階まで上り、キウォンに教えられた部屋のドアの前に立つと、どうしてわかったのか、アラがベルを押す前にキウォンが中からドアを開けてくれた。ベージュのシャツに着替えた彼の髪からはほのかに石鹸の香りがした。キウォンはアラを家のなかに招き入れると、ブルーのカーペットが敷かれたリビングへ通し、食事の支度ができるまでしばらくソファでくつろいでいてくれと言った。二人はテラスから差し込む暖かな日差しを眺め、互いの顔を見つめながらミートヌードルと新鮮なエビの入ったバゲットサンドイッチを分けあって食べ、赤い燻製ハムと一緒にワインを飲んだ。

キウォンはアラが参加したセミナーがどんな内容で、彼女がどんな研究をしているのか知りたがった。アラは物理学の博士論文が昨年受理されて今はいくつかのプロジェクトに携わっていることを話した。人類が長らく探究してきた人間と惑星レベルのマクロな世界では当然のように通用してきた物理法則が、原子レベルのミクロな世界になるといかにあっけなく崩れ去ってしまったのか、そして量子の性質を前にしたとき、ある対象を正確に観察し、それがどこにどんな状態で存在しているのかを定義できるという考えがどれほど傲慢《ごうまん》な錯覚であるかを思い知らされることになったのかについて説明した。そんな敗北から始まった現代物理学を研究している自分は敗残兵みたいなものだと、おどけてみせた。キウォンはそんなアラをじっと見つめて微笑んでいた。

　アラはまた、実際に実現した量子コンピュータによって今後どんなことが可能になるのか、実用化はどれくらいの速さで進みそうかといったことについて、学会の現実的な見通しを話した。既存のデジタルコンピュータが情報を一つの物質のように運ぶ方式を取り、そのために距離と速度の物理法則から自由ではなかったのに対して、量子コンピュータのメカニズムは文字どおり、本体そのものを情報化してどこか別のところに再構成する方式を取るのだと。同期化のかたちで駆動するので複数の場所に同時に存在することになり、もちろん時差は生じないのだと。それは物理学者たちが世界で最も速いと信じてきた光の速さとの戦いが今や無意味であることを意味するのだと話した。

「じゃあ僕もいつか別の宇宙に行けるのかな？」

「理論上は可能ね。だけど、あなたの構成要素を量子化するとしたら一兆の数京倍に分けられるはずで、それを今のコンピュータで処理しようとすると数億年はかかるはずよ」

「そりゃあすごいな」

「もしそれに成功したら、それは物理学者たちが人間の心と魂を完全に把握できたことを意味するし、そのすべてを分解して組み立てられるようになるということだよ」

　キウォンはテーブルにひじを突いて、しばらくアラを見つめた。

「物理学はいつからそんなに好きになったの？」

いつからだったかな、とアラは考えてみた。アラは中学生の頃から数学と科学で目立った才能を見せた。理系のエリート高校での成績も良かったし、大学でも並外れた観点を認められた。しかしアラには、教授やほかの学生たちから送られる感嘆に満ちたまなざしをいつもどこかで素直に喜べない気持ちがあった。どうしてもずっと昔、アソンが見せた天才じみた才能が思い出され、自分が成し遂げたちっぽけな成果を自嘲する気持ちになった。十歳のときの姿のままはく製にされたアソンがかつて持っていたまぶしい可能性を超えられるような輝かしいものは、自分にはないような気がした。ひょっとしたら自分は、アソンが生きるはずだった人生を代わりに生きているのではないか。そんな考えにとらわれることもあった。しかしそんな考えについてはキウォンに話さなかった。その代わり、彼の仕事について尋ねた。

「僕がしていることは、自分のまわりで間違ったことが起きていることに気づき、勇気を出すことから始まるんだ」

キウォンは地球温暖化をくい止め、種の多様性を守り、有毒物質の排出を規制し、動植物が共存できる環境をつくるために積極的に行動している人たちについて話した。彼らの仕事は、環境を脅かす企業や政府の代表に手紙を書いて送ることや、プラスチックで過剰に包装されたものを買わないこと、燃費の良い車に乗り、物を大事に使いリサイクルする生活を心掛けることから始まるのだと言い、自分もそんな生き方に賛同していると話した。そして多国籍企業から殺害してやると脅迫された経験や、環境汚染の現場に出かけて行って病気にかかり、ほとんど死にかけたことなどを話した。彼と一緒に活動していた活動家たちが国の利益に背いたという理由で監獄に送られたことも。アラは心配になり、手を伸ばして彼の手に自分の手のひらを重ねた。そして初めて手をつかんだことにあとから気づいた。怖くはないの？とアラが訊くと、僕らが暮らしているところをより良い場所へと変えたいし、人間らしく生きられる環境にしたい、そんな仕事に携われることが嬉しいのだと、キウォンは答えた。

キウォンはテーブルを片づけてから温かいお茶を淹れ、アラをテラスへ誘った。夕焼けに染まり刻々と色を変える美しい街並みとおしゃれな洋服に身を包んで通りを歩く外国の人々を眺めながら、昨年の夏から冬にかけて北極に滞在したときの話を聞かせてくれた。雪が解けて露出した地面や氷河が流失したところに生息している野生動物たちの観察を行い、生態系がどれだけ脅かされているのかについて、ドキュメンタリーを制作している人たちにインタビューをした話だった。キウォンは夏の九十日間、ホッキョクギツネが子育てをする様子を見守った。ホッキョクギツネの毛色は夏のあいだは岩や植物の色に似た灰褐色だけど、冬が来ると雪のように真っ白いふかふかの毛に生え変わる。そんな偽装術を使ってげっ歯類や鳥、魚を獲って食べるのだと、キウォンは教えてくれた。それから、毛皮を手に入れるためにホッキョクギツネを飼育する人たちについても話した。ホッキョクギツネを狭い檻のなかに閉じ込めてよく肥《ふと》るまでエサを与え続け、大きくなると皮を剝ぐという話だった。毛皮のコートを一枚つくるためにはホッキョクギツネ三十四匹分の毛皮が必要で、毎年一億匹を超える動物たちが毛皮のために死んでいくのだと。皮や骨、角、脂、肉を得るために、あるいは単純に狩りを楽しむためだけに動物の命を奪う人たちについて話すとき、キウォンは冷たい表情になった。

また彼は、直接殺すわけではないけれど明らかに危害を加えるかたちで行われる殺戮についても憤っていた。地球温暖化で氷河が消えてしまったせいで獲物を見つけられなくなったホッキョクグマを見守ったときのことを話した。ホッキョクグマの身体機能は冬が来るまでほとんど死んだような状態に近くなる。弱ったホッキョクグマたちはお腹を空かせたまま海が凍るのを待つが、凍らないので、泳いで凍った海を探しにいくのだと。運が良ければ氷の上で休むアザラシを見つけることもある。それを捕まえてむさぼるホッキョクグマを見かけたことがあると話した。

「これまでに観察された限りでホッキョクグマが最も長く泳いだ記録は九日半なんだ。ほぼ十日ものあいだ休まず泳いだんだよ。それは距離にすると六百八十七キロを移動したことになるし、時間に換算すると二百三十二時間にも達する」

「すごいスイマーだね」

「それなのに、たくさんのホッキョクグマがおぼれて死んでしまうんだ。休むための小さな氷のかけらが見つからなくて、海の底へ沈むんだよ。飢え死にを免れようとして溺死してしまうってわけ」

キウォンは肩にかかったアラの髪に軽くふれた。

「生き残るために毛皮があるんだし、また泳いでいくわけだけど、かえってそのために死んでゆく」

アラはキウォンのほうへ頭を傾けながら尋ねた。

「どうしてそういうことについて考えるようになったの？」

キウォンはしばらく微笑んだ。そしてずっと前、命を絶とうと決心した日について話してくれた。

「その日、僕は海辺に寝そべって少し離れたところに誰かが起こしておいたたき火を見ながら、あの炎が消えたら死のうと考えていたんだ。未練とか恐怖心とかは全然なくて、とても冷静にそう決心していた。やがて日が沈み、砂浜と海の見分けがつかないくらい辺りが暗くなったとき、たき火の回りに人が集まってきた。彼らは手のひらを火にかざして暖を取ったり、にぎやかな笑い声を上げたりしていた。そのうちの一人がオカリナを吹きはじめたんだけど、練習をしているのか、下手な調子で同じ曲ばかりくり返し吹いていた。終わったらすぐにまた吹きはじめ、また終わったらもう一度始めるって感じでさ。気がおかしくなりそうだったよ。無限にくり返されるメロディーが模様を描きながら耳もとに食い込んでくるようだった。僕はその人たちが早くいなくなってほしいと思いながら待っていたんだ。だけど、彼らはいなくならなかった。たき火の近くに腰を下ろしたりゆっくり回りを歩いたりしながら、ずっとそこに留まり続けた。僕に声をかけることはなかったし、むしろ僕がそこにいることになんて気づいていないみたいに、自分たちだけでぼそぼそと何かを話しながら食べ物を分けあって食べたりしていた。そのうち僕は眠ってしまったようだった。目が覚めたとき、辺りは漆黒のような暗闇に包まれていた。僕は体を起こして辺りを見回した。たき火はもう消えていて、そこにいた人たちもみんないなくなっていた。そして僕は、自分の心のなかに燃えていた死への渇望が消えていることに気づいたんだ。なぜだか急に死というものが何か信じがたく突拍子もないものに思えた。僕はその場に長いあいだ留まり、人々がただそこに存在していたことが僕に及ぼしたある神秘的な作用について思いを巡らせた。海辺にはもう光も温もりも消えていたけど、それでも耳にこだまするメロディーはまだ残っていた」

ウィーンにはもう完全に夜の帳《とばり》が降りていて、人々がいるところからもれる温もりのある灯りがキウォンとアラの顔を明るく染めていた。キウォンはアラの腰に手を回して自分のほうへ引き寄せ、キスをした。軽い口づけだけだと思ったが、アラが止めようとするとさらに押し迫り、後ろの固い石柱にアラの背中がふれるまで体を寄せてきた。アラはキウォンが少しも恐れないことに驚いた。慎重に近づくだろうと思っていたが、そうではなかった。二人は部屋の明かりを消してテラスの扉を開け放ったまま、薄いカーテンが光と風に揺らめくなか、愛を交わした。これまでの人生では無関係だったが今ではそうではなくなった見知らぬ街の騒音を聞きながら。

ドイツ人夫婦のベッドで寝入ったキウォンとアラは、明け方にしばし目を覚ました。アラが先に目を覚まし、ほとんど同時にキウォンも起きた。キウォンは目が合うと、その日の出来事がすべて現実にあったことなのかを確かめるように、アラの顔を引き寄せてキスした。そして、飛行機から降りる前にアラに話しかけたのは自分の人生でいちばん意味のある行動だったと言った。初めは勇気がなかったけど、アラのイヤフォンからあの海辺の人たちがオカリナで奏でていたメロディーが小さく流れ出たとき、勇気を出したのだと。キウォンはその歌のタイトルを知っていて、それは「人が人を助けねば」という作者未詳の讃美歌なのだと話した。アラはその歌を記憶に留めておいて、長い時間が流れたのちにわたしにそれを教えてくれた。

＊＊＊

アソンの二十代は毎日が予測のつかない波の連続だった。彼女は大学を中退し、お金が必要となればデパートやレストランで働きながら、何人かの男とつき合った。タルトカフェで働いていた頃につき合った相手は店長のボンギだった。アラは彼がカルト宗教の信者だということをつき合いはじめてから知った。彼の両親ときょうだいたち、そしてまだ縁が切れていない何人かの親戚までもがその教団に深くはまっていた。その宗教の信者たちはみんな牧師から言われたとおりに人生を歩んだ。進路も結婚も住む地域も、すべてが生まれたときから定められていた。それは楽だろうねと、アソンはボンギに言った。運命の定めに従うならボンギはあと三年後に四十すぎの女性と結婚しなければならなかった。また彼らには厳格に守るべき教理があり、たとえそれが法に背くとしても教理のほうを優先せねばならなかった。ボンギも何かの理由で二年ほど刑務所に入っていたことがあるらしく、でも絶対に人を害したりはしていない、それだけは信じてくれと半泣きになって訴えた。アソンはそんなことは大して気にならなかったのでくわしくは訊かなかった。つき合ってしばらくしてからアソンはボンギの家で同棲を始めた。二人で寝転んで脚を伸ばすと部屋がいっぱいになってしまうような窮屈な部屋だった。アソンは当時を回想したとき、あんなに狭い部屋で生活したのは後にも先にもそのときだけだったと身震いした。

ボンギは宗教的信念に従うなら酒は一切飲んではいけないはずだったが、毎日のようにアソンと一緒に飲んだ。彼の家にはキッチンがついていなかったので、脂っこい肉やチゲなどを買って帰り、焼酎を飲んだ。二人であっという間に七、八本も飲んだので当然酔った。その頃のアソンはなぜか酒を飲むと激しい怒りに駆られた。彼女は一見とても論理的に聞こえるけれどよく考えるとでたらめな理由で、ボンギのことを憎んだ。もうあんたなんて好きじゃないしあんたにわたしを引きとめる資格はないと言って、彼を罵った。ボンギは一度も怒らずいつもすべてを受け止め、翌日になってアソンの酔いがさめたとき、前の晩のことを彼女に話した。アソンはたいてい記憶がなかったが、それでもボンギに対してすまない気持ちになった。そして彼の優しい人となりに日ごとに惹《ひ》かれていった。そんなときには、ボンギが本当に神を愛する真摯な人間だということを信じることができた。教団の教理に従えばボンギは信者ではないアソンと交際することを許されていなかったが、彼はアソンとつき合うために家族とも縁を切った。しかし信仰を捨てたわけではないと、毅然《きぜん》とした顔で言っていた。

アソンはときどきクギョンに会ってご飯をおごってやりながら、ボンギの話をした。ボンギはハエ一匹殺せないようなヤツで、人間関係でもいつも損ばかりしている。だから自分がいなくなったらこの先どうやって生きていくのか息子のように心配なのだと。クギョンはたいてい何も言わず黙々とご飯を食べていた。その頃、彼はアソンと同じく通っていた大学をやめていて、意外にも医科大に入るための勉強をしていた。彼はあるとき、自分には創作の才能がないと見切りをつけた。するとまったく思いがけないことに、にわかに勉強への情熱が湧きはじめた。彼は先に学んだ知識をもとに新しい知識を次々と頭にインプットし、それを完全に自分のものにすることに楽しさを感じたし、実際に驚くべき速さで知識を習得していった。クギョンは一日に五時間の睡眠と一時間の散歩の時間の外にはほとんどの時間を自習室で過ごしているらしかった。彼は体重がだいぶ落ちてどことなく印象が変わった。アソンはその変化を、宙に一寸ほど浮いていた足がようやく地についたみたいだと表現した。

その年の夏には、タルトカフェで一緒にバイトをしていたシジンという女の子と親しくなった。シジンは美大の名門校に通っていて、びっくりするくらい家が裕福だった。目が小さくて背も低かったが、自分に似合う化粧とファッションをよく心得ていて魅力的に見えた。アソンはシジンと一緒によくエレクトロニック系のクラブに踊りにいった。二人は男たちがおごる酒は飲んでも彼らと一緒にクラブを出ることはなかった。ある日、泥酔して歩けなくなったアソンをシジンが自分の家に連れていった。シジンの部屋は二階だったが、寝ている彼女の両親には気づかれずに上がることができた。シジンはアソンをベッドに寝かせて靴下を脱がせると、スカートのボタンを外してあげた。それからブラジャーのホックも外し、しばらくしてからTシャツをまくり上げて胸を吸いはじめた。アソンは重たいまぶたを開けて自分の上に覆いかぶさっている彼女の姿を見ていた。やがてゆっくりと意識が戻ったアソンが体を起こすと、シジンはやっていたことを止めてアソンの目をのぞき込み、キスしても良いかと訊いた。アソンは混乱したが、とりあえずうなずいた。するとシジンはゆっくり時間をかけて柔らかい口づけをした。そしてどんな感じがするのか、嫌な気持ちはしないかと優しく訊いた。

その日以来、アソンは自分の性的指向をゆっくり確かめてみるようシジンに勧められて、彼女と何度か寝てみた。しかし、だんだんやはり自分は違うようだと確信するようになったのでシジンに正直にそう伝えると、彼女はうなずき、じつはそうなのだろうと気づいていたから大丈夫だと言ってくれた。アソンはシジンを失いたくなかったが、友達でいてくれると約束したシジンは時間が経つにつれてアソンに冷たい態度を取るようになった。そしてついにはアソンが泣いてすがっても感情のない目で残酷な言葉を吐きかけ、アソンに無力感を抱かせた。アソンはどんな男相手にもそのときほどプライドを捨てたことはなかったし、そこまでして誰かを失いたくないと思えたのも初めてだった。シジンはカフェのバイトをあっさりやめてしまい、もう二度と会ってはくれなかった。それから三年後、アソンは道ばたで一度だけ偶然彼女に会った。その頃にはもうアソンのほうでも気持ちがすっかり冷めていたが、それでもこちらに気がついても少しの動揺も見せず、真っすぐ目を見て素通りするシジンにもう一度傷ついた。

冬にはボンギの部屋を出た。冬を過ごすには部屋が寒すぎたし、もはや新鮮さがまったく感じられない彼に飽きてしまったので、一方的に別れを告げた。しかしあとから考えると、それは自分がシジンにされたことの腹いせをボンギを相手にしたにすぎなかった。彼は気の毒なくらい何度も電話で戻ってきてほしいとすがったが、あるときからもうかけてこなくなった。その後、ボンギを見かけたことも彼の噂を聞いたこともない。彼と一年も一緒にいたのに、こんなにも知り合いが重ならないということが少し衝撃だった。思えばボンギが自分以外の誰かと親しくしているところを見たことがなかった。自分がどうしてそれほど彼に無関心でいられたのか不思議だった。ボンギは教団に戻り、もともと決められていた人生を歩んでいるのだろうかと、アソンはときおり考えた。

アソンはボンギの部屋を出てから最初の一ヵ月ほどをクギョンの家で過ごした。ほかに行き場がなかったというのもあるが、クギョンが死んでしまうのではないかと心配になったからだった。クギョンは少し前にあった試験の日、タクシーで試験会場の学校へ向かった。グラウンドを横切り、校舎の廊下を歩いているあいだも、彼はびっしり書き込みをした要約ノートを見返していた。そして指定された教室に着いて自分の席を探しはじめたとき、ようやく何かがおかしいと気がついた。そこは自分が行くべき学校と名前は似ているがまったく違う学校だった。動揺した彼はとにかく学校を飛び出し、アソンに電話をかけた。朝早かったので、アソンは携帯が鳴るのを夢うつつで聞いたが電話に出なかった。はたから見るとクギョンは大丈夫なように見えた。しかしアソンは彼に来年も試験を受けるつもりかとは訊かなかった。

次の年、アソンは貿易商社の社長をしているテウと結婚した。彼はアソンよりひと回りも年上で、離婚歴のある人だった。彼には九歳の娘がいて、面白いことに彼女の名前はアソンだった。テウは取引先の会社に立ち寄ったときに事務秘書のアソンを見かけ、彼女に一目ぼれした。彼はアソンの仕事が上がるまで待ってグレーのセダンで会社の前に乗りつけ、彼女をディナーに誘った。つき合って二ヵ月くらいになる頃、テウはアソンに結婚したいと思っていると伝えた。アソンは少し考えてから、そうしましょうと答えた。その決断について僕が疑問を口にしたとき、アソンはふと家庭をつくってみたくなったのだと説明した。結婚式は挙げなかったが、四十三階にあるペントハウスを購入し、アソンが好きな家具を欲しいだけ買い揃えた。テウはなんでもしてあげたくて仕方がないようだったが、アソンは欲しいものがあまりなかった。彼女は洋服や宝石にはまるで興味がなかったが、ただ一つ、滑らかな乗り心地の上質な車を運転することには少しばかり楽しさを感じた。

その頃、不思議なことにアソンはイナ伯母さんとまた連絡を取りはじめた。大した会話を交わすわけではなく、最近何をして過ごしているのか、何に興味を持っていて何に飽きたのか、その日は何を食べたのか、体は大丈夫かといった類いの話だった。伯父がいなくなる前でさえ二人はそんな話を交わしたことがなかった。当時のアソンは幼すぎたのだ。伯母はまだどこかアソンに距離を取っているように見えた。というよりも、アソンに言わせればもう彼女は誰にも心を開くことはないように思われたが、それでもアソンにはちょくちょく電話をかけてきた。「たぶん、イナ伯母さんはわたしたちが似た者同士で、だからこの世の誰よりもお互いのことを正確に理解できるということをなんとなく知っていたんだと思う」。アソンはそう言って朗らかに笑った。「もちろん、わたしもそうだったしね」。

テウが出勤がてら娘を車で学校まで送るために家を出ると、アソンは遅く起き出して温かいコーヒーを一杯飲んだ。それからピラティスに行ってきてシャワーを浴び、エステに行って二時間ほどアロマセラピーを受けた。そのあと家へ戻り、遅めの軽いランチを作って食べると、午後にはゴルフをした。テウが帰ってくると、彼と一緒に応接間のテーブルで軽く酒を飲んだ。かつてボンギと飲んでいたときのように酔っぱらうまで飲むことはなかった。テウ特有の雰囲気がアソンを落ち着いた気持ちにさせた。テウと住みはじめて一年ほどが経った頃、アソンは自分が彼のことを愛していることにふと気がついた。テウはとても堅実で洗練されたやり方で愛情を表現した。それは財力と経験からくる余裕があってこそ可能なことだった。アソンは愛という重みのある感情で彼とつながれていることに安心感を覚えながらも、それをどこか息苦しくも感じた。

ある日、ウィスキーを飲んでいたアソンがテウの肩に頭を載せると、彼はビジネスを手掛けてみる気はないかとアソンに訊いた。小さなショップを持ってみるのも悪くはないだろうと言い、自分と一緒の人生を退屈でつまらないと感じることのないように何かほどほどに生産的なことをしてみてはどうかと勧めた。彼はそれまで心に抱いてきたある予感、つまりアソンがいつか自分を去ってしまうのではないかという恐れを初めて口にし、そうしないでほしいとお願いした。

アソンは数日悩んだ末に、子ども向けアニメの配給を手掛けてみたいと言った。彼女は伯父と一緒に観た映画から自分でも気づかずに少なからぬ影響を受けていた。アソンはその頃しばしば、自分は未知の世界を冒険する漫画の主人公のようだと感じた。事務所を構え、スタッフを採用するところまではテウが手助けしてくれたが、配給する作品を探してセレクトするのはアソンが直接手掛けた。もちろん、それをビジネスのかたちにして収益につなげるまでにはさらにいろいろな段取りがあったが、彼女はそのすべてをこなした。そのために一日十五時間も休日なしに働いた。あのときほど真面目に働いたことは後にも先にもなかったと、アソンはのちに断言した。軽い気持ちで提案したテウのほうがかえって驚いてしまうほど、アソンはビジネスの手腕が良かった。でもたった半年後のある日、彼女は突然すべてをやめたいと言いだした。もうアニメなんて見たくもないと叫んだ。テウは事もなげに、そうするといいと言った。

そうしてまた元の日常に戻ったが、アソンの体はすでに取り返しがつかないほど壊れてしまっていた。腎臓と子宮に異常が見つかり、薬を飲みはじめた。健康を回復するために運動量を増やしたらそのうちゴルフコーチのミニョンとときどき寝るようになった。アソンより一つ年下で、頑丈な体つきの彼と体を重ねていると、自然とテウと比較された。アソンはテウの歳を実感した。ミニョンのおかげかアソンのゴルフの実力は目に見えて伸び、コースに出るともうテウはアソンの相手にならなかった。ミニョンはアソンにアマチュアデビューを真剣に勧めた。もっと筋力をつけてスキルを磨けば十分見込みがあると。テウもやってみればいいと背中を押した。テウはアソンをゴルフリゾートに連れていき、一日に二、三ラウンドも相手になってくれた。アソンは二人の男に根負けしたふりをして、そこまで言うなら翌年の春にあるスポーツブランドの主催で開かれるアマチュア大会に出場してみると言った。彼女は、でこぼこしたボールをしばらく手でもてあそんでから細いティーの上に置き、狙ったところへ打って飛ばすのが好きだった。青い芝生の丸い丘を越えていって、思いどおりの場所にボールが止まっているのを確認するのは気持ちが良かった。

そんなある日、ミニョンとボール付近でボールの位置をあちこち置き換えながらパッティングの練習をしていたときのことだった。芝生の上に置かれたゴルフボールの位置を少し変えようと手を伸ばしたとき、アソンはそれが自分が思っていたより右にあることに気づいた。怪訝《けげん》な面持ちでこちらを見るミニョンの顔を、試しに片目ずつ交互につぶりながら見てみると、いよいよはっきりした。アソンの左眼は薄い膜がかかったように視野がぼやけていた。テウはすぐにアソンを病院に連れていった。医者は首をかしげながら、どうして今頃になって病院に来たのかと訊いた。そして、もう少し早めに治療を始めていればよかったものをと言い、乾いたため息をついた。ただ目がかすんで見えるだけでとくに痛みはないのだと答えると、医者はアソンの顔をしばらく見つめたあと、彼女の左眼がいつしか有害物質によって軽く汚染されていたのだと告げた。初めのうちは視野を遮らない程度の小さな点にすぎなかったその傷は、今では靄《もや》のように角膜全体を覆ってしまっていると、比喩的に説明した。すでに視力がだいぶ落ちていて、これからもさらに少しずつ低下していくだろうと。でも薬を使えばその進行を遅らせることはできると。

その日の夜、帰宅したテウはどうすればいいんだと嘆きながら、まるで子どものように声を上げて泣いた。むしろアソンが彼を慰めた。目がまったく見えないわけでもないんだし、生きていくうえでそれほど大きな支障はないだろうと言って、とりなすように笑った。アソンはその後もゴルフを続けたが、ひと月ほど経つと本当にクラブがボールにうまく当たらなくなった。だからその分ミニョンと寝ることが増えた。テウもミニョンも、アマチュア大会のことはもう口にしなくなっていた。ある日、テウはアソンに訊かずに彼女のゴルフコーチを変えてしまった。新しいコーチは上品な老紳士だった。ミニョンとは別れの挨拶もできないままそれっきりになってしまった。

アソンはテウと五年くらい暮らしたのちに離婚した。その頃にはもうアソンもテウもそれを決まった手順のように淡々と受け入れることができた。ただ中学生になったテウの娘が少し残念がった。アソンともう一人の小さいアソンは一度も自分たちを親子のように感じたことはなかったが、お互いを良き友達だと思っていた。クギョンは軍隊に服役したあと副士官になろうとしたが、試験を前にして結核にかかってしまった。彼は隔離されたまま軍生活を終え、除隊になったあとも二年ほど治療を受けた。イナ伯母さんとアソンは定期的に連絡を取り続けた。少し話をしただけで伯母の体のあちこちが不調らしいことが伝わった。それでもどちらも会おうとは言わなかったので、二人が直接会うことはなかった。その頃、アソンの左目はほとんど失明に近い状態だった。彼女は僕に会ったとき、失明した目を指さして朗らかに言った。

「わたしは世界を半分だけ見るようになったわけだけど、でも全部を見ることができるの。逆に言えば、自分では全部を見ていたつもりの世界が、じつは半分にすぎなかったのかもしれないわね。最初に片方の目の視力を完全になくしたとき、世界がナイフで切り取ったように半分になったり暗転したりするんじゃないかとも思ったけど、以前と変わらなかった。こんなふうにほとんど気づかれずに世界の半分は消えるのよ」

＊　＊　＊

朝ごはんはいつもキウォンの担当だった。彼はアラが目覚める前にコーヒーを淹れ、焼きたての温かいワッフルにガラスの瓶に入った甘いブルーベリーシロップを添えてプレートに盛りつけた。それをベッドの上に揺れないようにそっと置いてから、アラの肩に優しく手をふれて眠りから起こした。アラはもともと睡眠時間が短いほうだったが、ドイツ人夫婦のアパートでキウォンと一緒にいるあいだはとてもよく眠った。小さい頃から寮や独立した空間で一人で生活してきたので、誰かと朝ごはんを共にすることに慣れていなかった。しかしキウォンと共に過ごした数日間はすべてが自然に感じられたし、アパートの寝室とリビングの一角を占めている自分の荷物を眺めていると、もうずっと前からここでキウォンと一緒に暮らしてきたような錯覚すら覚えた。

アラとキウォンは、毎日ウィーンの街をあちこち歩き回った。天気はずっと晴れっぱなしで、どこへ行っても素敵な風景が広がった。広場にある水の出ない噴水台に腰かけ、修繕中のシュテファン大聖堂の屋根の上に止まったり飛び立ったりする黒い鳥の群れを見上げながら一つのジェラートを分けあって食べるのが、二人の欠かせない日課《ルーティン》になった。路地を歩けばほとんどの店が外にテーブルを並べていて、気が向けばそこに座って何かを注文し、透明な空気と雲を眺めながら食べることもできた。双子のような美術史博物館と自然史博物館の前を通ると、芝生に寝そべる恋人たちや子どもにジュースを飲ませている親子連れの姿を目にした。アラはとても幼かった頃、家族でピクニックをしたことを思い出した。しかし彼女にとってそれは懐かしい記憶ではなかった。できるだけ遠くへ押しやり、折にふれてよみがえるとそれが通りすぎてくれるのをじっと待っているような記憶だった。

週末には、現地の人たちがするようにベルヴェデーレ宮殿の庭園でジョギングをした。キウォンはわざと遅れをとってアラとの距離が開くと、素早く走ってきて後ろから抱きしめた。そしてアラが振り向いて彼の胸に抱かれるのをじっと待った。お腹が空いた二人は宮殿のレストランでランチを食べた。レモンを添えた大きなシュニッツェルとマッシュポテトを平らげ、バジル入りのジントニックを一杯ずつ飲んだ。とびきりおいしかった。もう二度と君を忘れることはないよ、とキウォンは言った。彼は、アラがどんな特別さを持っていてどこが魅力的なのか、そして自分がどれほど彼女を好きになったのかを感じるままにいつも言葉にして伝えた。キウォンは刻々と変わりゆく自分の心を細やかに感じとり、それがどんな感情かを正確に理解することができたし、それをアラに伝える勇気もあった。一方のアラはいつも自分の考えや感情に一歩遅れてあとから気づくほうだった。ゆっくり時間をかけて考えてからようやくその理由を理解した。自分のそうしたところ、感情表現に乏しくてある意味ドライにも見える表現方式が、過去につき合った恋人たちを傷つけてきたので、またキウォンを傷つけてしまうのではないかと怖くなった。しかしキウォンは自分が持っているものをアラに与えることに純粋な喜びを感じ、彼女に何かを確かめようとはしなかった。

キウォンが街を気ままに歩いてみたいと言うので、散歩に出た。ごつごつした石畳の遊歩道を、小さな川と蛇行するトラムレールに沿って歩き続けた。人家のような静かなたたずまいのところを入っていくと、なかに小さな遊園地があったので二人は驚いた。乗り物といっても観覧車があるのみだったが、アラがそれまで見たなかでいちばん小さくてかわいらしい観覧車がゆっくり回っていた。そこをひととおり見てから道を渡ると、今度は静かな公園が現れた。よく見ると、そこは墓地だった。墓石の形はまちまちで、溶けた蠟《ろう》のように不定形なものもあれば、昨日建てられたみたいに埃ひとつなくきれいなものもあった。アラが墓碑の前でときおり足を止め、そこに刻まれた文字をじっと読みはじめると、キウォンも一緒になってそれをのぞき込んだ。通りの向こう側にある観覧車からはにぎやかな声が聞こえてきた。

キウォンはアラにフンデルトヴァッサーの建築を見せたがった。ウィーン生まれの建築家で、芸術家でもあり環境運動家でもあった彼は、人間と自然を一つにつながり合った有機体として捉え、生と死は始まりも終わりもなく回り続けるらせんのように永遠に循環するものと信じていたという。彼の建築物にはそうした考えがよく表れているというのだった。実際にフンデルトヴァッサーハウスを見にいったとき、アラはキウォンの言葉を理解できた。うず高く積み上げられた家々は明るくビビッドな色彩の鮮烈な対比と曲線に彩られ、まるで一つの巨大なハチの巣のように見えた。曲がりくねった階段と波のようにうねうねした石畳の道を歩いていると、まるでおとぎの国に迷い込んだようだった。第二次世界大戦のとき、ユダヤ人であるフンデルトヴァッサーは母方の親戚六十九人もが虐殺に遭い、彼と母親はユダヤ人居住区へ強制移住させられた。きっとそうした経験が彼に平和と自然への切実な思いを植えつけたのだろうと、キウォンは言った。

シュレーディンガーについて話してあげなくちゃ、とアラは思った。フンデルトヴァッサーより少し早くウィーンに生まれたシュレーディンガーは、やはり第二次世界大戦中にナチスに反対してアイルランドに亡命した理論物理学者で、光は粒子であり波動でもあるとする量子力学の世界を築いた中心的な人物だった。フンデルトヴァッサーが建築に自然を取り込んだとするなら、シュレーディンガーは原子に内在する奇妙で美しい自然の秩序を数式で形象化してみせたのだとアラは説明した。彼こそは、目に見えず測定してもすぐに変わってしまう電子の波動という未知のイメージを想像することを可能にした最初の人間であると。「同じ国の風景、同じ戦争の惨状を目にしていながらそれぞれに違ったものを想像するのは、どのようにして起こるんだろうね?」。

アラとキウォンの前には、営業を終えた店のショーウインドーが白い光を放ちながら幽霊のように並んでいた。二人は遅くまで飲めるバーをチェックしてあったので、その日もそこへ向かった。そのバーでは、不思議なことにみんな白ワインにビールをほんの少し混ぜて飲んでいた。二人も同じものを頼んだ。

「そんなことは僕たちの心のなかでもいつだって起きていることなんじゃないかな」

「どんなこと?」

「同じものをそれぞれ違ったふうに見ること。一つの過去を人によって違った形で記憶したり、同じ未来を異なる形で想像すること。そして数えきれないほどある場合の数のなかから一つを選び取ること」

キウォンはアラの手首を優しく手に取り、自分の頬に当てた。二人の異なる体温に気づかせようとするかのように。

「だけど、違いを持つものだけが作り出せる特別な力というものがあるんじゃないかな。さまざまな振動数を持つ音が一緒に鳴り響くことでもっと遠くまで届く鐘の音の共鳴がそうだし、左右の目の持つ異なる視角が重なりあうことで生まれる立体感がそうだよね。博士だからよくご存じと思うけど」

「もちろん」

アラは指先でキウォンの鼻にふれながら笑った。キウォンは笑わず、アラの手をぎゅっと握りしめて言った。

「君が自分自身についてもっと深く知ればいいと思うよ。自分のなかにある異なる心に耳を傾けてほしい。君の一部を失わずに、その違いこそが作り出せる立体や鐘の共鳴があるかもしれないと信じて。それに気づかないまま生きることのないように」

アラはそのとき、キウォンが何を言おうとしているのか正確には理解できなかったが、しばらくしてからなんとなく彼が自分のことを心配してくれているのだと気がついた。アラについて知らないからではなく、十分に準備ができるまで待ってくれていて、とても慎重なやり方で力になろうとしているのだということを。

アラとキウォンはハルシュタット湖を見にいったとき、そのままもう数日そこに留まることにした。空と山のシルエットをデカルコマニーのように映し出す滑らかな湖はどこか非現実的に見えて、すぐにでもふっと目の前から消えてしまいそうな気がしたが、しかし時を経た氷のかけらのような湖はいつまでも動かずそこにあった。アラは水面《みなも》にかかる霧と神秘的な輪郭の雲をただひたすら眺めていたかった。そうやって一日を過ごすことに満足感を覚えた。二人はもう十日以上もウィーンに滞在していたので、次の週には帰国の日にちを決めなければならなかったが、それでももうしばらくその湖畔に留まることに無言のうちに同意した。

二人は湖の畔《ほとり》にあるカラフルな塀に囲まれた民宿に泊まった。朝、寝室の窓を開けると、さわやかな水の香りが立ち込めた。家主のマイヤー夫妻が毎日朝食を作ってくれた。食卓には新鮮なサラダと塩気のないあっさりした風味のパン、鶏がらスープに豚肉を煮込んだグラーシュがいつも用意されていた。食事を終えて小さな村をのんびり散策すると、三角の屋根と花で飾られた窓のある家や甘いデザートを売るカフェが軒を並べていた。みやげ物ショップでは、かつて湖の畔にあった塩の鉱山から採れた塩辛い岩塩の塊をさわってみることもできた。

日が昇り、温かくなると湖で泳いだ。ふわふわの芝生の上に寝そべってビールを片手に本を読みふけり、気が向けば湖に入った。アラは泳げなかったが、水着を買ってそれに着替え、腰から胸くらいの高さの水のなかで腕を手前に引いたり押し出したりしてみた。キウォンがいつも後ろについていて、水中で倒れないよう肩を支えてくれた。アラは喘息を患っていた幼い頃のことを思い出した。あの頃、水のなかでアラの手を引いてくれたのはアソンだった。日が傾きはじめると、水鳥の群れが湖を横切って飛んでいった。木立の影が森のほうへ伸び、若い母親が小さな二人の娘たちのためにシャボン玉を吹いてあげる光景を、アラとキウォンは感嘆しながら見守った。

キウォンは自分がこれからしようとしていることについて話した。グローバルな石油会社を相手に気候変動による被害の補償を求める訴訟を準備していることや、世界中にある地震の危険地帯に建てられた原子力発電所の稼働を永久に中止するよう訴える展示会を催す予定であることを。

「それから、海月《くらげ》を追いかけることになるかも」

「海月?」

「海水温が上昇すると、そこに海月の群れが出没するんだ。大型の船舶が海水より高温の貯水タンクの水を排出したり、原子力発電所から出る冷却水を放流したりすると、周辺の海水の温度や密度、粘性が変わってしまう。それによって海水の垂直の運動が妨げられ、沿岸の環境が破壊される。亜熱帯気候に変わりはじめた地球のあちこちで今、海月たちが目撃されているんだ。それはつまり、本来なら冷たくあるべき海水と温かくあるべき海水とが入り混じることで、海流が乱れていることを意味する。この湖にたまっている水は、いつか対流と海流に乗って赤道から北極へ、また北極から南半球へと運ばれなくてはならない。そんな循環によって自然は浄化され、温度が調節されてきたんだ。ところが、それがうまくいかなくなって北極の氷河が溶け続けてる」

「すべてが網目のようにつながり合ってるんだね」

「そう。僕がやっていることはばらばらに見えて、じつは一つのことなんだ」

キウォンはマイヤー夫妻の家をしばらく遠目に見つめた。二人が滞在している湖に面した寝室の窓辺をすでに懐かしむような表情で。

「僕が君のことを想う心も、数知れない名もなき海辺から、あるいは果てしなく遠い昔の宇宙から、すでに始まっていたのかもしれない」

湖から静かに吹きつける風がキウォンの髪を乱し、顔を優しく後ろになでつけるのをアラは見ていた。それは疑いようもなく明白な証《しるし》のように見えた。その瞬間、アラは彼に打ち明けようと思った。アソンが死んだあとに感じたやるせない喪失感を。ただ誰かを失った喪失感ではなく、時が経つほどに自分の人生がどこかへ失われてゆき、次第に何か別のもの、アソンが手にするはずだったもので満たされてゆくような感覚を抱くようになったことを。それからアラは、両親が自分を見るとき、ときおり自分ではなくアソンを見ているような感じがしたことを話した。彼らがかつてアソンに接していたように自分に話しかけたり、アソンが好きだった食べ物を食べさせたり、アソンがしたことを自分がしたものと思い違えたりしたことを。そしてしまいにはアラのもともとの姿を完全に忘れてしまったようだったと。そうやってアソンが持っていた特徴や彼女が全うするはずだった時間が自分のものになったけれど、本来の自分はだんだん消えてゆき、ついにはアソンのものばかりが残ったのだと。

「あなたは本当にわたしのことを覚えているの？　もうだいぶ昔のことだから間違えて記憶しているのかもしれないよ。あなたの覚えているわたしは、じつはみんなアソンなのかもしれない」

キウォンがおかしな目で見たり混乱したりするのではないかと思ったが、彼はそんな様子は見せず、アラをしばらく抱きしめてからむき出しの肩にタオルをかけてくれた。そしてマイヤー夫妻の家に戻って何か温かいものを食べようと言った。

二人は服を着替えてからマイヤー夫人が作ってくれたオニオンスープとガーリックトースト、温かいミルクで夕食を取った。そのあいだも二人は話し続けた。

「ある日、気づいたの。新しく生まれた妹が昔のわたしとそっくりだって。見た目も話し方もそっくりで、その年齢のときにわたしが持っていた癖や考え方までみんな同じなのに、両親はそのことにまったく気づかないようだった。だってあの人たちはかつてあったわたしの本当の姿をすっかり忘れてしまったから。ただ一人わたしだけが、妹を通してだんだん成長していく小さな自分を見ることができたの」

「妹のことは嫌いだったの？」

「どうなんだろう。わたしから失われたものをその子が持っていたから、どこか懐かしいような感じもしたし、何かを取られたような悔しい気持ちもあった気がする。一つはっきりしているのは、その子のことがなんとなく苦手で、避けたいと思ったことかな。それでだんだん妹を避けるようになって家と家族から逃げ出し、誰のことも愛せない人間になった。もしもわたしがあなたを傷つけることになったらどうしよう？　いつかあなたのことを嫌いになってしまったら？」

アラはこれまですれ違ってきた人々を思い浮かべた。純粋な気持ちで自分に近づいてくれた人たちを、頑張って愛そうとした。でも結局は自分のほうで見捨てて逃げ出してしまった。そんな人たちの顔を、一人ひとり思い浮かべてみた。

キウォンが言った。

「僕はアラのことを正確に覚えているよ。君が誰なのか、ちゃんとわかってる」

アラは口元に手に当ててしばらく押し黙っていた。

「そして君は僕のことを好きになるよ。僕にはわかるんだ」

キウォンは自信たっぷりに笑った。するとアラも安心する気持ちになった。二人はそれ以上何も言わず、りんごとレモン入りの甘いサングリアを一杯ずつ飲んだ。そして食事を終えたあとも、散らかった食卓をすぐに片づけずにしばらく座っていた。二人が共に過ごした時間の痕跡、もうすぐ自分たちの手で片づけられるはずの証をゆっくり見つめていた。

次の週、アラは急遽パリへ講演に行かねばならなくなった。そこで一週間ほど留まりながら、講演とセミナー、軽いパーティーに参加する予定だった。キウォンはまだ休暇中だったが、石油の流出事故が起きたナイジェリアに出張に行き、そのあとアラのスケジュールに合わせて一緒に帰国することにした。そうすれば二人は見知らぬ街ではなく、自分たちが住んでいる街で初めて会うことになるはずだった。キウォンは幼い頃住んでいたがみんな早くに去ってしまったあの海岸沿いの街に一緒に行ってみようと言った。

アラの航空便は午後二時で、キウォンは三時の便だった。二人はウィーンの空港で、ハムとチーズだけを挟んだシンプルだけどおいしいサンドイッチで早めのランチをすませた。そして搭乗時間のぎりぎりまで、搭乗口に近いターミナルラウンジのソファで一緒に時間を過ごした。テーブルの上には新聞とビジネス誌が用意されていたが、そんなものには目もくれなかった。二人はこの街にいるあいだ自分たちがずっと一緒だったことに驚いた。初めて別々の空間と生活リズムに切り離されることが受け入れがたく感じられた。二人はまるでお互いが本当にそこにいることを確かめあうように、手を伸ばしていつまでも顔をなでていた。今ではまぶたを閉じても鮮明に浮かぶ、もう二度と忘れられない顔を。

ついにアラが搭乗口のゲートを通過するとき、キウォンは知らない外国人たちのあいだで真っすぐアラに向かって手を振っていた。アラがどこにいてもきっとわかるというように。アラは審査台とボーディングブリッジを通って飛行機のシートに座ったあとも、最後に見たキウォンの姿を思い浮かべていた。飛行機がゆっくりと地面を離れて浮かび上がると、キウォンと共に過ごしたあらゆる瞬間を秘めた神秘的な街が単純な地形となって遠ざかっていった。そこにあの夜と奇跡があったということがすでに信じられないような気がした。飛行機が安定した軌道に乗り、客室乗務員が近づいてきて飲み物を尋ねたとき、キウォンがとても恋しくなった。これからの自分の人生にはいつも彼がいるだろう。これまでとはまるで違う日々が待っているはずで、それはアラがずっと前から漠然と夢見てきたことだった。アラは幸せな予感と期待に胸がときめくのを感じた。しかしその一方で、依然として得体のしれない不安が小さな点のように目の前をちらついていた。その点は、これまでもアラの人生のあらゆる場面で揺らめく陰やまだらのような影法師のなかに潜んでいて、あるとき一瞬にしてすべてを覆いつくしてしまった闇だった。

＊＊＊

アソンは三十以降の人生については大まかに話してくれた。実際にその頃から彼女の人生も少しうつろで緩くなったというのだった。アソンは六年ほどを定住せずにあちこちを放浪しながら過ごした。そのあいだ、本当にたくさんの友達ができた。その多くに彼女は傷つけられたが、何かを学べた人もいたし、なかにはアソンを感動させた人もいた。旅先で泊まったとあるゲストハウスで仕事を手伝いながら無料で寝泊まりさせてもらい、長く留まったこともあった。そのゲストハウスを運営していた男をとても深く愛したのだと、アソンは告白した。男は、自分のところでしばらく時間を過ごしてから去っていく人たちを数千人も見てきたのだとアソンに話した。「不思議だと思わない？　ここにやって来てはいなくなった人たち」。アソンは彼の抱える深い空虚感を感じとり、それを充たしてあげたいという思いに強く駆られた。誰かの心をのぞき込んでそのかたちを想像し、自分が持っているものを分けてあげたいと思ったのは、それまで一度も感じたことのない感情だったとアソンは言った。その頃、自分はついに他人《ひと》の心に共感できるようになったのだと。それからしばらくして、ゲストハウスで十日ほど長期滞在していた男が部屋で薬を飲んだ。男が一日中食事もせずコーヒーを飲みにも出てこないことを不審に思ったアソンが彼の部屋のドアを叩いた。そのとき彼女は初めて死んだ人を間近で見た。そんな経験が初めてだということが、ふととても不思議なことに思えた。死んだ男は遺体を引きとる家族や知人が一人もいない無縁者だったので、遺体は安置所にしばらく置かれたあと、決められた手続きに従って火葬された。ゲストハウスの主人は、男の持ち物だったリュックとボールペン、コップ、眼鏡と眼鏡ケース、古びたハンカチ、靴、そして何着かの服を箱に入れて埋葬してあげた。それを見守りながら、アソンはおそらく自分の死もこのようなかたちになるだろうと思った。いっとき自分が所有していたが自分については何も語らない物を、誰も訪れることのない場所に埋めておくかたちで。アソンは男の物だった柔らかいウールのコートだけは埋葬せずに取っておいた。そして、その年の冬が終わる頃にゲストハウスを出るとき、そのだぶだぶのコートを羽織って出た。

それからアソンは、先生について話した。彼女は人生で出会ったいちばんの恩人だと。アソンが三十七歳になった頃、彼女の人生はどん底へ向かっていた。肺炎にかかって苦しんでいたし無一文で、クギョンとも大げんかをしてお互い連絡を絶ってしまっていた。クギョンは当時もまだいろいろなことをやってみてはやめてをくり返していた。その頃、二人はお互いを役立たずの憐れな落伍者だと思うようになっていた。初夏のある日、アソンは数ヵ月間世話になっていた友達の家をけんかをして出た。一夜くらいは公園で寝てもいいと思えるくらい良い天気だった。砕け散る陽射しを見ていたとき、アソンはふと目まいを感じ、道ばたに倒れた。気がついてみると、見知らぬ部屋のベッドの上だった。部屋の外ではグツグツと何かが煮える温かくて香ばしい香りと、まな板の上でトントンと野菜を刻む音がした。アソンがキッチンへ出たとき、先生は料理に夢中になっていた。彼女はアソンを小さな折りたたみテーブルに座らせて、エゴマ入りの魚の粥を食べさせた。食べ終わったあと、アソンはどうして救急車を呼ばずに自分をここに連れてきたのかと警戒心を込めて尋ねた。すると彼女は答えた。「お金、持ってないんでしょう?　わたしはお金は要らないわよ」。

アソンは親切にしていた親しい友人たちに立て続けに裏切られたあとだったので、彼女をはなから疑っていたが、ほかに行き場がないのでしばらくその家に留まることにした。彼女は大学で文学を教えていた教授で、二十年余り前に一夜にして夫と息子を失ったことをアソンは知った。大学で講義をしているあいだに家に大きな火事があり、みんな死んでしまったということだった。いま彼女の体のなかには小さながん細胞が育っていた。アソンは毎朝先生が作ってくれるご飯を一緒に食べた。豆や豆腐で作ったおかずと黒米で炊いたご飯、すまし汁、白身魚といったものが多かった。先生はアソンに朝食を作ってあげてから出かけていった。野良猫たちにエサを与えてから公園でしばらく本を読み、近所のゴミ拾いをして家に戻り、バラの花壇に水やりをするのが彼女の日課のすべてだった。

そんなある日、アソンはどんな理由からか、カッとなって彼女に思いっきり怒りをぶつけた。「わたしはあんたみたいな人生は絶対に嫌よ。猫のエサやりをしながらゆっくり死んでいくなんてまっぴらごめんだから」。そして夕方にはもう自分の言ったことを後悔していた。アソンが眠ろうとベッドに入ったとき、先生が静かに部屋に入ってきてベッドの片端に腰かけた。そしてささやいた。「あなたは落伍者なんかじゃない。自分なりに十分価値があると思える選択を重ねてきたでしょ。それはみんなあなたの一部なのよ。あなたは特別な輝きを持ってる。それにあなた自身が気づかないまま生きていくのは悲しいことだと思うよ」。彼女は自分に背を向けて寝ているアソンの背中をさすりながら続けた。「だけど、過去の失敗や危なかった瞬間を記憶してほしいの。ほかにあり得た無数の可能性や場合の数に気づくとき、わたしたちは生への畏敬の念を抱くようになるはずよ」。

アソンは先生が闘病の末に三年後に亡くなるまで彼女と一緒に暮らした。そのあいだ、自分のなかの多くが変わったとアソンは言った。初めて愛に近いものを経験したし、先生は自分の人生でほとんど唯一の家族だったと。先生は死後、持っていた財産をすべて教育のための寄付金として社会に還元したが、車を一台買えるだけのお金をアソンに残してくれた。アソンはそのときに購入した車を僕に会うまで乗っていた。彼女はその車でどんなところへ行き、どんな人たちに出会ったのかを助手席の僕に一つひとつ語ってくれた。ただ風景のように通りすぎただけの場所もあれば、深く入ってゆき、その一部となって暮らしたところもあった。そしていつだってきっとまた旅立った。

アソンが五十五歳になった年にイナ伯母さんが死んだ。寝ているあいだに老衰で亡くなったらしく、穏やかな最期だった。彼女は最後の瞬間までこの世での生を否定するかのように一人で孤独に生きた。アソンが僕と会ったのは、葬式の喪主としてだった。霊前に菊の花を一輪捧げて黙禱する僕を、彼女は静かに見守った。僕は喪主の彼女に挨拶し、自分は一人暮らしの年寄りや恵まれない境遇の人たちのために家を建てる仕事をしていて、イナさんとは彼女の家を建ててあげた縁があるのだと説明した。アソンは髪を一つにまとめ、黒い喪服のスカートを着ていて、僕は彼女のことをきっと四十代だろうと思っていた。アソンは喪主らしくない笑顔で僕に尋ねた。「わたしも家がないんですが、一つ建ててもらえないでしょうか?」。その瞬間、僕は驚きと共に彼女のことを想い出した。自分でも信じ難いことに、そのどこか挑戦的で何事をも恐れないように見える微笑みを覚えていたのだ。僕は彼女と同じ名前を持っていた女の子のことを覚えているかと尋ね、自分がその子の友達で、ずっと昔あなたに会ったことがあるのだと言った。すると彼女は大きな笑い声を上げげた。

その後、僕はかなり悩んだ末にアソンに連絡を取り、彼女を飲みに誘った。アソンはその誘いを快く受け入れた。僕たちは薄暗いワインバーで会った。僕は緊張していたが、アソンはとくに緊張した様子はなかった。彼女は、アソンという名前の女の子にほとんど何もしてあげられなかったのでそのことがずっと心に引っかかっていたのだと言った。そんなことはない、小さなアソンはあなたのことが好きだったと僕は教えてあげた。僕とほかの何人かの友達を家に連れていって美しいあなたを見せてくれたとき、あなたがキッチンで砂糖とコーンシロップ、練乳、ゼラチンを混ぜ合わせてきらきら光る滑らかなムースケーキを焼いてくれるのを自慢に思っていたと。アソンは感激でしばらく言葉を失ったようだったが、やがて自分について語りはじめた。

それ以後、僕たちは頻繁に会って酒を飲みながら話をするようになった。それからしばらくして、アソンは僕の家に転がりこんできた。初めて家に来たとき、リビングのカーペットの上をつま先立ちでそっと歩きながら彼女は言った。「わたしはいつでもこんなふうに誰かの家に入っていったの。家は据えつけの容れ物のように動かなくて、わたしがそこに入っていってしばらく留まり、また出てきたの」。僕と一緒に暮らすあいだ、アソンは自分の生きた人生を語りつくそうとしているかのように話し続けた。一つの時代について話し終えるたびに彼女はこう言った。「まるで広大な水のなかや刹那の夢のなかにいるかのようだった」。僕は海のような彼女の世界を少しずつ探険した。僕たちは食卓でもふかふかのソファでも暗いベッドの上でも、酒を飲みながら引きも切らず話し続けた。わたしはこの探険の終わりには自分がいるものと信じていた。彼女の世界のなかで自分の物語も始まっているのだと。だいぶあとになって、彼女が死につつあることを知った。すでにすい臓がんの三期で、肝臓にまでがん細胞が転移していた。

ある日、アソンは浮かれた様子でお出かけしましょうと叫んだ。ずっと話に聞いていたクギョンに会わせてくれると。僕たちはクギョンが経営しているという、どこかの地下にあるパブへ出かけた。木目調のバーカウンターの奥にたたずむ背の高い中年の男を見たとき、ひと目で彼がクギョンだとわかった。十代の頃、幻想的な目元でアソンを魅了したかつての面影がまだうっすら残っていた。彼は僕たちを見つけると、手に持っていたグラスと乾いたふきんを置いてゆっくりとバーカウンターを回って出てきた。大げんかをしたあと二十年ぶりに会うアソンとクギョンは満面の笑みで長い抱擁を交わした。

たくさんの夢に挑戦し続けたというクギョンは、今はピアノを弾いていると言った。彼は酒を少し飲んでから、アソンと僕のためにパブの片隅に置かれたピアノを演奏してくれた。アソンが僕をテーブルを押しのけて空けたスペースに連れ出して一緒に踊りはじめると、クギョンは即興曲を弾いた。僕はアソンの手を取り、床の上をあちこち動き回った。アソンはあたかも床に彼女だけに見える道が印されているかのように自信たっぷりに僕をリードした。その瞬間《とき》、どうしてかふと彼女はもうすぐ死ぬのだという考えで頭がいっぱいになった。アソンがいま目の前にいることに感謝しながらも、同時に絶望的な気持ちになった。どうして世界はこんなかたちでつながり合っているのか、どうにも理解できなかった。そこにはどんな運命的な理由やメッセージが宿っているのだろう? そんなことを思うと涙がこみ上げて耐えられなくなり、床にうずくまって泣きだしてしまった。クギョンとアソンは僕が酔っているものと思ったらしく、そんな僕の姿を小さな子どもを見るような目で見ながら大声で笑っていた。

別れの時間が来たとき、クギョンはアソンと目が合うと複雑な気持ちになったのか、しばらく無言でたたずんでいた。でもすぐに最初に会ったときと同じく明るい笑顔をつくり、最後になるかもしれない抱擁を交わした。クギョンはその日つくった即興曲を楽譜に写して僕たちにプレゼントした。

「この世界はまだ押されていない鍵盤みたいなものさ。曲が進行するあいだに押される回数とそのタイミングはあらかじめ決まってるんだ」

アソンは本当にそうだと思うと言い、その曲に「人が人を助けねば」というタイトルをつけた。

わずか三ヵ月でアソンの病状は大きく悪化し、挙動すらままならなくなった。ほとんど何も喉を通らず、食べても吐いてしまった。一日中ベッドに寝たきりになったアソンは、僕があげたノートにときおり鉛筆で何かを書き記した。何を書いているのかと尋ねると、小説だと答えた。「お姉さんについての小説なの」。アソンは自分が経験したことをなんでも僕に話してくれたが、姉についてはあまり話さなかった。僕が知っていることと言えば、十歳のときに交通事故があってアソンの隣に座っていた姉が死んだということだけだった。「いつも人生で何かを逃している気がしてたんだけど、それが姉だという気がするの。どうして今頃になって姉のことを想い出したのかな？」。

ある日、アソンが海が見たいと言うので僕は彼女を車に乗せて海辺へ出かけた。アソンに大きな毛布をかけてあげ、海が近くに見えるところまで連れていった。アソンは疲れた目で寄せては返す波を見つめ、砂浜に波が引く涼しげな音を聞いた。かすかに震えるアソンの体を見て、彼女が苦痛に耐えていることに気づいた。僕が心配そうな目で見るたびに彼女は、「わたしはもう自分の体のなかで起こっていることには興味がないの」と、まるで他人事のように言った。

彼女は海に入りたいと言った。少しためらったが、かなえてあげることにした。九月だったが水はそれほど冷たくなかった。僕はアソンを抱きかかえて胸までくる深さのところまで波を押し分けて歩いてゆき、彼女をそっと海に浮かべた。アソンは少し生気を取り戻したように水かきをしたり、手で水をすくってみたりした。僕はアソンの頭が沈まないように、首と腰のところを手で支えてあげた。彼女は僕に抱かれたまましばらく目を閉じ、口を少し開いて体の力を抜いた。彼女の体は重さがほとんど消えたかのように波にたゆたっていた。あまりに長いあいだそうしているのでそろそろ怖くなった頃、僕の恐れを感じたのか彼女はふと目を開けて僕を見た。歳を取り病に侵されたアソンの顔は今も美しかった。どうして彼女が死ななくてはならないのかわからず怒りがこみ上げた。

「とても小さかった頃の話だけど」

アソンが言った。

「わたしは数学と思考実験だけで世の中をあっと言わせる優雅で美しい世界に魅了されていたの。部分をもって全体を想像する能力、最初を見て最後を予見できる能力が自分に備わっていると信じていた。いつか自分は、人生のすべてを知ることができるようになるだろうと、そう思っていた。でももちろん、そんなことはなかった。わたしの愛はことごとく失敗したし、わたしはこのまま死んでいくのだから」

小さな波がアソンと僕の体を通りすぎた。まるで僕たちが宙に浮かんだ幽霊であるかのように。

「あなたにもっと早く出会えていたらな。違う条件や状況で、あるいは別の世界で出会っていたら良かったのにと思う。でも、そんな完璧な瞬間は生を無限にくり返してみても滅多に起きないもので、もしも運よくそんな瞬間に巡りあえたなら、それは奇跡と呼ぶべきなんでしょうね」

彼女は手を伸ばして僕の顔をなでた。

「だから泣かないで、キウォン」

アソンは僕の名前をさらに何度か呼んだ。キウォン、キウォン。すると不意に自分の名前がよそよそしく、何か唐突なもののように感じられた。でも間もなく、その名前はずっと昔から幾度となく言い古された呪文だということをゆっくりと思い出した。

アソンが死んだ日、寝ていた僕は明け方に不意におかしな気配を感じて目を覚ました。そうして幸いにも、彼女が旅立つのを見守ることができた。アソンは薄暗がりのなかで僕を見つめ、何度か瞬きした。まるで点滅する明かりのように、あるいはこの世界とこれから彼女が向かう世界のあいだをしばらく行き来するかのように。二つの世界がつながっていてそれほど遠くないということ、ほんのまぶた一重ほどの隔たりにすぎないのだということを僕に伝えようとするかのようにしばらく僕を見つめ、やがて永遠に旅立った。

アソンがあとに残した荷物はふだん着ていた最低限の服と靴だけで、そのほかには驚くほど持ち物が少なかった。僕があげたノートと鉛筆があったが、それはアソンが望んだとおりに燃やしてしまった。彼女が使っていたコップや毛布にはもう彼女の痕跡は残っていなかった。アソンが僕のそばに留まっていたのは季節が三つほど巡るあいだのことだったが、それが本当にあったことなのかどうかを確められるものは何も残さずに彼女は消えていった。彼女が僕にくれたのは彼女の語った話だけだった。アソンのことが恋しくなると僕は彼女を撒いた海辺へ行き、冷たい砂の上に横たわった。目を閉じると、アソンが聞かせてくれた彼女の人生が広がった。その人生のなかに僕はいなかったが、それは今では僕だけが知る物語となった。僕が所有することになったその世界を、僕は何度でも無限に反復できた。

夜の潜泳

わたしに初めて泳ぎを教えてくれたのは、リゾート地で出会った見知らぬ女だった。わたしは真っ白い石造りの五階建てホテルに泊まっていた。テラスから見下ろすと、大きな屋外プールとよく手入れされた茂みの向こうに、緩やかに流れるにごった川が見えた。ホテルは川に浮かぶ小さな島にあった。とても小さな島で、ホテルの両端がそれぞれ枝分かれした二つの川筋に面していた。散歩がてらのんびり三十分も歩けば、島を一周できた。川下のほうへ下りて行くと、常夏の美しい海辺が現れた。

はじめの数日間は、彼氏と共に島のナイトマーケットや、川の向こうにあるオールド・タウンを熱心に見て回った。海辺まで自転車で出かけたりもした。しかしほどなく、ホテルに引きこもるようになった。あまりに暑かったのだ。ホテルのレストランで朝食を取ると、ひと泳ぎしてからシャワーを浴び、体を乾かす。そして日が傾くと、タウンまで出かけて夕食を食べ、またホテルに戻る。それすら面倒なときには、プールサイドのサンベッドに寝そべったまま、ローストチキンとトマトで作ったクラブサンドをオーダーした。

気がつくとある日から、その二人を見かけるようになっていた。外国人客の多いホテルだったので、韓国人のカップルはすぐに目をひいた。ロビーのソファでコーヒーを飲むときやレストランで食事をするとき、わたしたちは彼らと鉢合わせた。遠くで二人が話していると、くわしい内容は聞こえなくても、それが韓国語らしいことはわかった。ほんの短い笑い声だけで韓国人だとすぐにわかるのは不思議だった。あちらのほうでもわたしたちに気づいているようだったが、話しかけられたり目礼されたりすることはなかった。わたしたちは誰も知り合いのいない見知らぬ土地で羽を伸ばしていたので、新しい関係をつくって気疲れするのはごめんだった。彼らもまた、人に邪魔をされたくないというふうに、二人だけでくつろいで過ごしていた。

わたしたちはほとんどの時間をプールで過ごした。そのホテルには、大きなメインプールと隠れたサブプールがあった。わたしたちはたいていメインプールのほうを使い、陽射しが強いときだけ日陰のあるサブプールのほうへ移動した。なんとなく飽きたときもプールを変えた。どちらも深いところではわたしの身長を遥かに超える水深があった。かなづちのわたしは、チューブを腕にはめてぷかぷか浮かんでいた。彼氏はバタフライや背泳ぎでひと泳ぎすることもあったが、旅行のあいだずっと体調が優れなかったので、たいていわたしと同じく水の揺らめきに身を任せて、気まぐれに泳いでいた。サンベッドで本を読んだり昼寝をしたりもした。そして暑くなると、またプールに入った。陽に熱せられてぬるくなった水は柔らかな布のように体を包み込み、ゆっくりと熱をさましてくれた。

そのカップルは泳ぐのが上手だった。彼らはたいていわたしたちと向かい合わない位置のサンベッドに陣取り、何時間も泳いだ。ずっと泳ぎっぱなしではなく、男と女が代わるがわるプールに入った。なぜか一緒に泳ぐことはなかった。男は長身で、贅肉一つない引き締まった体をしていた。グリーンのビキニを着た女のほうは細身ではないけれど、ほどよくついた筋肉と日焼けした肌が、彼女を魅力的に見せていた。二人ともひとたびプールに入ると、プールの端から端を何度か往復した。速さのわりには水音も立てず、まるでナイフでプリンをスッと切るように、滑らかに水中を進んだ。水から上がって体を休めるときには、二人で静かにタバコを吸った。そんなとき、彼らは無言のようだった。女はパラソルを隅に押しやり、日光で肌を焼いた。男が女の体に念入りにサンオイルを塗ってあげた。

わたしたちはマンゴージュースとビールを飲みながら、彼らの姿をちらちら盗み見た。部屋に戻ってから二人について話すこともあった。男は三十代半ばくらいで、女のほうは彼より三、四歳ほど年下に見えるということで意見が一致した。二人はきっと夫婦だろうと彼氏は言ったが、わたしはたぶん違うだろうと話した。

その日、女は一人で朝食に来ていた。雨戸を開け放つと屋外スペースにつながる一階のレストランで、女は日陰のほうの二人掛けテーブルに座っていた。彼女は皿いっぱいに盛られた半楕円形のドラゴンフルーツを、ティースプーンで小さくすくって食べていた。黒い種がびっしりちりばめられた白い果肉が、女の口に吸い込まれていった。温かいコーヒーも飲んだ。わたしはそんな彼女の姿をなんとなく眺めながら、半熟の黄味が食欲をそそるエッグベネディクトをナイフで割り、口に運んだ。男はどこへ行ってしまったのか、食事が終わるまで姿を現さなかった。

旅行中で最も暑い日だった。地面から照り返す熱のせいで、プールサイドはサンダルを履いても歩けないくらいだった。仕方なしに午前中は泳ぐのをあきらめて、部屋でビールを飲んだ。エアコンの冷気がゆっくり回転するシーリングファンにかき回されて、部屋のなかを緩やかに循環した。じりじりとした外の熱気は、柔らかな優しい日差しとなって、窓から降りそそいだ。

冷えたビールを飲みながら、ときおりメインプールのほうを見下ろしたが、サンベッドはがらんとしていた。プールの底には、見るからに涼しげな青色のタイルが敷きつめられ、浄水された清らかな無臭の水は、一定の水位を保っていた。泳いでいる人は一人もいなかった。花壇の手入れをしたりタオルを整頓するスタッフの姿をたまに見かけるだけだった。

なぜだろう？　一瞬、ホテルの泊まり客がみんなどこかへ消えてしまったような感覚にとらわれた。正確には、プールと共に。わたしが出入りしていたプールは、じつはあそこに存在してないんだ。心のうちでぼんやりそうつぶやくと、それは真実になった。太陽の下で七色に光りたゆたう大きな美しいプールは、まだ誰にも損なわれていない完全無欠な世界の一部のように感じられた。

眠りから目覚めたときには、すでに日が暮れていた。彼氏はビールの飲みすぎでまた体調が悪くなったのか、ベッドのなかでしきりに寝返りをうっていたが、やはりもう少し眠りたいと言った。まるでゼンマイが切れたオルゴールのように、そう言い終えたとたんに彼は眠りに落ちた。旅行のあいだ中、彼の体のなかでは原因不明の熱が上がったり下がったりしていた。その熱は、温度の高いほうから低いほうへ動き回りながら何かを温めたり冷ましたりする熱移動の法則とは無関係に、未知の経路で伝わり、完全に消えてはまた現れたりした。

エアコンに当たり過ぎたせいか、悪寒がした。暖かい自然の風に当たりたくなった。少し迷ったが、水着に着替えてガウンをまとい、プールに降りていった。

メインプールの回りには、柔らかな照明が地面を照らしていた。サンベッドの列はほの暗い闇のなかに沈み、水はまるで膨張する運河や星雲をかき回したように神秘的にきらめいていた。すぐ間近に近づくまで、水のなかに誰かがいることに気づかなかった。水音もたてず静かに泳いでいる人がいた。彼女のようだった。

わたしは片隅のサンベッドに横たわり、ビーチタオルにくるまった。乾燥した温かいタオルのごわごわした手ざわりから、すさまじかった真昼の熱気がふとよみがえった。穏やかな夜の空気が、水面と暗い地面を帳《とばり》のように覆っていた。プールを囲むコの字型の花壇は夜の一部と化し、奥行がつかめない真っ暗な壁のように見えた。

いつの間にか泳ぎ終わった女が水から上がり、わたしのほうへ歩いてきた。あらためて見ると、グリーンのビキニが彼女の肌の色ととてもよく似合っていた。健康的な小麦色の肌は、月光を浴びて青銅のように蒼白く光った。彼女は水滴をぽたぽた垂らしながらわたしの前を通りすぎると、一つ向こうのサンベッドに腰かけた。そしてぬれた髪をふいたタオルを肩にかけてから、わたしを見て話しかけた。

「今日はとっても暑かったですね」

夜聞くと、中性的な響きの声だった。

「ええ、本当に」

わたしは続けて言った。

「ここにいるあいだ、雨が一度も降らなかったんです」

「長くいらっしゃるんですか?」

「一週間の予定です。もうあと二日ですね」

「わたしたちは明日の朝、帰ります。今日が最後の夜なんです」

女はしばらくのあいだ、暗い草むらを眺めていた。葉っぱや石のあいだからは、虫の低い鳴き声が響いてきた。

わたしは、「そうなんですね」と応じながら、女の顔を観察した。目鼻立ちは地味な印象だが、少し開いた唇がどこかミステリアスな感じを与えた。今朝、彼女の口のなかへ際限なく消えていったぶよぶよしたドラゴンフルーツのことが思い出された。白い果肉に点々とちりばめられた黒い小さな種が無数に、本当に数えきれないほど、彼女のなかへ吸い込まれていったことを。しかし、月明りに照らされた彼女の体のどこにも、黒い斑点のようなものは見当たらなかった。

「部屋は何階ですか?」

女が訊いた。

「最上階です」

「いいですね。わたしたちは二階だから、見晴らしはあんまりでした」

女はまだ水気が残る体を、あちこちさすりながら言った。

「ほかは文句なしですね。料理はおいしいし、清掃も行き届いていて。ここのプールは本当に水がきれいですよね」

「そうですね」

「どうやって浄水しているんでしょう。異物があるとそのうちなくなるんですが、スタッフが掃除ネットですくっているところを見たことはありません。プールを一周しながら壁をさわってみたり、足で床を探ったりもしてみたのですが、水を吸い込む穴らしきものは見当たりませんでした」

「足の届かないところにあるんじゃないでしょうか。深いところに」

わたしが言った。

女は無言でわたしを見た。

「そうかもしれないですね」

「今日は朝食のとき、お一人でしたね」

言ってしまってから、少し後悔した。女の顔色をうかがったが、表情にこれといった変化はなかった。タオルからはみ出した女の腕と軽く組まれた脚が、隠微な境界の向こうの存在のように光っていた。ふと、手を伸ばしてその肌にふれてみたくなった。

「夫が昨日、けがをしたんです。プールに飛び込みをしたら、水深が浅すぎたようです。底に鼻を打って、骨折してしまいました」

「それは、知りませんでした」

わたしは驚いて答えた。

「昨日はわたしたちも一日中プールにいたのに……」

「裏のサブプールのほうだったんです」

女が答えた。

「その場に居合わせていたら、なかなかの見ものでしたのに。残念」

女が笑うので、わたしも少し笑った。彼女は首を振った。

「おかげで泳げなくなっちゃって。あんなに水が好きなのに。彼は子どもの頃、水泳の選手だったんです。今は全然違う仕事をしてますけど」

わたしはうなずいた。

「お二人は、ご結婚はまだでしょう?」

女が尋ねた。

「ええ」

「夫と二人で、そうだろうと話してました」

まだ若く見えるのでそう思ったのだと、彼女は言った。わたしが自分の歳を言うと、そんな歳には全然見えない、大学生かと思っていたと言って驚いた。彼らのほうでもわたしたちを観察していたということが、不思議な気がした。ホテルに滞在しているあいだ、彼らと目が合ったことは一度もなかった。

「水に入らなくちゃ」

女が立ち上がりざまに言った。

「体が乾くと、すぐ暑くなりますね」

「じゃあ、わたしも」

チューブを持ってきていなかったので、救命胴衣をビート板代わりにして、プールに入った。じっと体を浮かべたまま、彼女が泳ぐのを眺めていた。女に力強く押しのけられた水が、長い間をおいて押し寄せてきて、わたしをゆっくり押し流した。わたしの体の半分は温かくて心地良い水のなかにあった。もうずっと前から足のつかないところに浮かんでいた。

女が泳いで近づいてきて、わたしに尋ねた。

「水泳を習ったことがないんですか？」

「ないんです。家族のなかでわたしだけが」

「よかったら、教えましょうか？　難しくないですよ」

女は手のかき方や足の蹴り方をひととおり教えてくれた。彼女に言われたとおりに体を動かしてみると、腕と脚がまるで自分の体の一部ではなく、あとから取りつけられた固い道具のように感じられた。それでも救命胴衣につかまって足をばたばたさせると、少しずつ前へ進んだ。体が沈まないように、女がお腹を手で支えてくれた。水と空気のあいだを行き来しながら息継ぎをするタイミングも教えてくれた。

「これだけ覚えれば、もう十分ですよ」

女が言った。

「水中で体を動かすことに慣れてくると、そのために必要な筋肉と力もつきますから。さっきのバランス感覚を覚えておけば大丈夫」

女の手がわたしのお腹にふれたところを思い返した。彼女がわたしをさわったということにそのとき気づき、驚きを覚えた。

女はプールから上がると、自然にわたしの隣のサンベッドに移ってきて、新しいタオルで体をふいた。わたしはサンベッドに体を沈めた。熱気と水気を吸ったマットは深くくぼんだ。

「今日、火事があったんですが、見ましたか？」

女が尋ねた。

「いえ」

「近くの人家で、火事が起きたんです。夫と散歩中にそこを通りかかったんですが、小さな家がまるごと燃えていました。誰かが死んだようです。集まっている人たちが、泣き叫んでいました」

女はぼんやりわたしを見つめた。

「死んだ人を見たことは、まだないでしょう」

「そうですね」

わたしは嘘をついた。

女はゆっくりうなずいた。

「そのほうがいいんです。死からは遠く離れていたほうが……」

蒼黒く光るプールを見つめながら、女は言った。

「ホテルに帰ってみると、黒い灰がここまで飛んできてました。水面にも舞い降りたんですが、今はもうないようですね」

「ええ、きれいですね」

「あのね、じつは……」

女は言った。

「あの人、夫じゃないんです」

「はい？」

わたしは驚いて訊き返した。

「彼には妻がいます。だからわたしとは、いわゆる内縁関係ですね」

彼女はわたしのほうを見て微笑んだ。

「ごめんなさい、こんな話。不快ですよね？」

大丈夫だと、わたしは答えた。実際にまったく気にならなかった。

「つき合っている仲だと言えばいいのに、いつも夫婦のふりをするんです。おかしいでしょ？

そんなことで少しだけ心が慰められるなんて」

「つき合ってどれくらいになるんですか？」

「一年ほどです。こんな関係になってからはね。知り合ったのはもうずっと前です。小さい頃、
一緒に水泳をしてましたので」

わたしはただなんとなくうなずいた。

「おかしな話だと思うでしょうけど」

女は少しためらったあと続けた。

「彼とわたしのあいだには、どうにもならない出来事の連なりがあったんです。もう一度あの頃に戻れるとしてもほかにやりようのない、変えがたく決められた順序のようなものが。それでも、わたしたちを固く結ぶ絆がありました。しかしそんな絆でつながった人たちは、ひどく運が悪いと、奇妙なかたちでねじれてしまうんですよね」

女はゆっくり首を振った。

「ひと晩語り明かしても、わたしたちに起きたことはきっとあなたには理解できないでしょう」

きっとそうでしょうね、とわたしは答えた。

「とにかく、彼はわたしじゃなく今の妻と結婚しました。結婚生活はひどいものでしたが、彼に妻への愛情がまったくなかったわけではないようです。ある種の感情がかつてはあったのだと、率直に話してくれたことがあります」

ほとんどささやくように話す女の声は、不思議なくらいよく通った。

「あの人が離婚を要求しても、彼の妻は聞き入れてくれませんでした。わたしも彼女には何度か会ったことがありますが、あまり良い人ではありません。人一倍プライドが高くて、どっちかというと冷酷な人ですね。もう彼のことを愛してもいません。ただ彼を苦しめたくて、放してくれないんです。どういうわけからか、感情をつかさどる大事なネジが一つ、抜け落ちてしまったみたいなんです。ひょっとすると過去にあった何かの出来事、もしくは未来に対する予感のようなものが、密かな契機になっているのかもしれませんね。しかしそれはわたしには永遠にわからないことです」

女は視線を落として、温もりと暗闇に埋もれた平たい床を、まるでそれが何かの兆しででもあるかのように眺めていた。

「とても美しい女なんです。賢いし、活発な性格で、自分が愛する人たちに対しては優しいところもあります。彼女のことを大事に思う人たちや、彼女との記憶を思い浮かべると温かい気持ちになる人たちもきっといるでしょう。良い家庭で裕福に育ち、人生の大きな挫折を一度も経験しなかった人に特有の自信というか、輝きのようなものが彼女にはありました。告白すると、わたしには彼女のことを心底憎んだ瞬間があります。真昼のまばゆい光のなかでも、深海のように冷え冷えした恐ろしい想像をしました」

女は何か考え込んでいた。虫の鳴き声も消え入り、静謐な水の音だけが聞こえた。

「彼の妻は今、死につつあります」

わたしは無言で、女の話の続きをじっと待った。

「肺が固まって息ができなくなる病気らしいんです。片方の肺はもうほとんど機能してなくて、もう片方も同じ症状が進んでいます」

感情のこもらない淡々とした口調で、彼女はそう言った。わたしたちは今ではほとんど同じ姿勢でサンベッドに横たわり、お互いの目をのぞき込んでいた。女の開いた口は、夜を吸い込むように息を吸い、暗い闇を吐いた。

「わたしはその病気について調べました。そして死人の肺を半分に切った写真を見つけたんです。小さな空気の袋が生きていたときの形のまま固まった肺でした。それは温かい血と肉からなる臓器というより、まるで巨大な動物の骨のように見えました。一度も魂が宿ったことのない、古びた石のように」

ついに長い夢を準備する人のように、女は目をつぶった。暗闇のなかでだけ見ることのできる何かを彼女は探しているのだと、わたしは思った。

「玄武岩を見たことがあるでしょう？　熱い溶岩が冷めてできた、軽くて黒い石」

もちろんその石を知っていると、わたしは答えた。女は目を閉じたままかすかに笑った。それから浅瀬の水のなかで動く口のように、ゆっくりとつぶやいた。

「穴だらけで水に浮くこともある、おかしな石」

チャンモ

わたしがチャンモの友達と知ると、みんな決まって「えっ、なんで？」と訊き返した。何か理由《わけ》があるはずだという確信。わたしのことを心配する気持ち。あるいは、あなたはいま危険をおかしているのだとやんわり責めるような響きが、その問いには含まれていた。優しい微笑みの裏に、冷静に距離を置く丁重な警戒心が浮かぶこともあった。そんなときわたしは、なぜ友達になったのかはうまく言えないけど、でも友達だよ、と無意味な答えをくり返した。

チャンモとわたしは同じ中学を出たが、高校一年のときに同じクラスになるまで面識はなかった。いや、正確に言うと、わたしのほうではチャンモを知っていた。チャンモのことを知らない子はうちの学校に一人もいなかったから。チャンモの名前にはいつも、ふだんの品行や噂、それに廊下や教室で運よく居合わせた奇行の目撃談がついて回った。

同じ教室に座っているチャンモに気づいたとき、真っ先に思い浮かんだのは、中学校のグラウンドの鉄棒に誰かを緑のガムテープで縛りつけている彼の姿だった。鉄棒にくくりつけられた子は、体をじたばたさせながら、怒りと恥ずかしさに赤らんだ顔で静かに泣いていた。その子が隣のクラスの子で、ハエでも追い払うようなしぐさでしきりに右腕を振り回すチック症を患っていることをわたしは知っていた。鉄棒のまわりには、チャンモがまた何か面白いことをするに違いないと思ってふざけてついてきた男子たちも何人か見えた。その子たちはもはや怖気《おじけ》づいた表情で尻込みしながら、どうすることもできずただまわりにたむろしていた。チャンモはそんな彼らの戸惑いや泣いている子の気持ちなどまったく気にならない表情で、作業を続けた。当然の罰を下す執行官のような態度で、冷たい鉄棒とその子の腕の見分けがつかなくなるまでガムテープを巻き続けた。

のちにわたしが、どうしてその子を鉄棒に縛りつけたのかと訊くと、「だって腕の動きがおかしいだろ。目障りだったから」とチャンモは答えた。

近くで見るチャンモの印象は、意外に普通だった。むしろとても明るく活発な性格で、相手の機嫌を損なわずに気の利いた冗談を言うコツを知っていて、人の警戒心を解いて好感を引き出すなどたやすいことだと思っているようだった。チャンモを知らない子たちは、一重まぶたの切れ長の目で微笑まれると、可愛いと感じた。もちろん、チャンモを知る子たちは、遠巻きに様子をうかがい、さりげなくその場を抜けた。緊張を緩めず冷静にチャンモの振る舞いを注視した。新しい学校のみんながチャンモのことを知るまで、そう長くはかからなかった。

新学期が始まった三月のある金曜日の休み時間。体操服を借りにきたほかのクラスの子たちが教室のなかをうろついていた。彼らは、新しい顔ぶれの子たちに自分を大きく見せたり、相手より優位に立ちたくて、わざとらしく騒ぎたてた。突然、チャンモが女の子の一人に向かって、俺の前でうろちょろすんな、ぶっ殺すぞと、言い放った。その子の仲間があっという間にチャンモを取り巻いた。背は低いけどがっしりした肩の男子が大声で悪態をつきながら、チャンモの机の前へずんずん歩み寄った。その子が丸いスチール椅子の脚を片手でつかんで振り上げたとき、チャンモの口がもう一度、「ぶっ殺す」と動くのが見えた。男の子が椅子をぶんぶん振り回して威嚇しはじめると、チャンモはペンケースから平べったい十五センチの定規を取り出した。片側に長さを測れる目盛りがついていて、反対側は波線を引けるよう凸凹の形をしたスチール定規。チャンモは定規の尖った先が下からはみ出るようにして拳を握りしめた。そして男子につかみかかり、片手でその子のあごをひっつかんで口を開かせると、定規をぐいぐい突っ込んだ。チャンモに押さえつけられた子は完全にパニックに陥り、椅子を落として床に倒れた。「死ね！　死ね！　死ね！」と叫びながら定規を口に突っ込もうとするチャンモを両手で必死に押しのけながら、無我夢中で悲鳴を上げた。ほかの子たちが飛びついて二人を引き離したあとも、その子は恐怖にとらわれて叫び続けた。チャンモはその姿をしばらく見やってから自分の席に戻り、固く握りしめていた定規をペンケースに戻した。

その日のけんかでけがをした人はいないと聞いたとき、みんな唖然となった。あの場面を目の当たりにしたとき心臓と肌に生々しく感じた鋭い痛みが、実際には誰の身にも起こらなかったものだなんて。それでもその日の光景は、血しぶきが飛び、誰かの死がそこにあった瞬間として、みんなの心に刻まれた。運よくそうならなかっただけで、一連の出来事が持っていた可能性を、その場にいた人なら誰もが想像できた。望まなくても、想像されてしまったのだ。

それからというもの、チャンモは中学のときと同じく「危険人物」で通るようになった。チャンモの理不尽な怒りと悪辣さを一度でも目にした人なら、たいていあの子を気味悪がった。チャンモはグループをつくらず気ままに一人、二人とつるんだ。そしてしばらくするとなぜか決まってその子たちを憎むようになった。かつての友達をこてんぱんにしないと気がすまないというように。そしてまた別の子を一人、二人選んで好き勝手に連れ回した。誰もチャンモと友達になりたがらなかったが、敵にもなりたくなかった。そのほどよい距離感を保つためにみんな気を使った。夏頃には、チャンモを見たことのない子までもが噂を聞いて、「あいつ、マジでヤバいよ」とか「絶対普通じゃないよね」とささやき合った。

チャンモがいつからわたしを特別扱いしたのかは、思い出せない。ほかの子とおしゃべりをしていると、チャンモはすっと寄ってきてずっとそこにいたかのように一緒になって笑った。学校の行き帰りに会えば隣に並んで歩いたし、寄り道をして何か食べていこうと誘うこともあった。チャンモが自分のたわいない近況を、あたかもわたしも知っておくべきことのように細々《こまごま》と話すのを、わたしはただ聞いていた。ときどき電話をかけてきて、そのとき感じている怒りや悲しみについて話すのを、長時間聞いてあげることもあった。そんなチャンモの態度や、チャンモとの関係にわたしが気がついたのは一年生の秋の終わり頃で、いつからどうしてそうなったのかはわたしにもチャンモにもわからなかった。

「チャンモの言うことがわかるの？」

まわりの友達は不思議がってそう訊いた。

「あんたたちだってチャンモと話してるじゃない」

「みんなでいるときはね。二人きりで話すのはあんただけだよ」

「別に何か特別なことを話すわけじゃないけど」

なかには意味ありげな視線を隠さない子もいた。

「あんたには、チャンモのことが理解できるのね？」

じつは、二人でいるときのチャンモはあまりに平凡で普通と変わらなかったので、わたしはあの子がチャンモだということをいつも忘れてしまった。チャンモの非倫理的な行動、彼が傷つけた人たち。その人たちに向けられるチャンモの非常識な考えは、納得いかないものだった。同意できなかった。それでも彼の理不尽な行動から、ある論理を見出すことはできた。チャンモが考え、行動するメカニズムを理解することはできた。

「死にてえ」

チャンモは誰かを殺したいとか、死にたいとかいう言葉を、まるでお腹が空いたと言うのと同じ調子で、すぐ口にした。強いて比べれば、死にたいと言うことのほうが多かった。特別な理由はない。多くの人と同じく、自分の人生が不幸だというのだった。

チャンモによれば、彼のお父さんは某自動車会社の役員で、お母さんは薬剤師だった。ご両親は新築のマンションと商業ビルを所有していて、夫婦仲も良いほうだった。年子の弟は優秀で、偏差値の高い理系の高校への進学を目指していた。チャンモが自殺したい理由というのは、お母さんがもう手に入らない型番のスニーカーを勝手に捨てたとか、エリートの家族たちのあいだで疎外感を感じるといった類いのことで、それは普通なら自殺を思い立つほど苦しいことではないので、わたしは初めのうちはチャンモが何か別の理由を隠しているのだろうと思っていた。しかしやがて、本当にそれらがチャンモが死にたいと思う理由のすべてだということ、そして死にたいと言うとき、彼はいつも本気なのだということを理解した。

「本気だけど、じつは本気じゃないんだよ」

こんなわたしの表現をみんなは理解できないようだった。わたしは少し考えてから、つけ足した。

「つまり、それはチャンモの論理では真実なんだけど、ときに真実は消えることもあるってことかな」

初めてチャンモに「あんたの論理ではそれは真実だと思う」と言ったとき、彼はそれがどういう意味か説明してほしいと言った。

その日は、空をすっぽり覆った灰色の雲から冷たい秋雨《あきさめ》が降っていた。学校が終わったあと、チャンモとわたしは傘をさして無言でバス停のほうへ歩いた。午後四時を少し回ったところなのに、もう日が暮れたように辺りは暗くて肌寒く、なんだか気持ちが沈んだ。憂鬱な表情の人々がゆっくり通りすぎていった。バスは満員で、わたしたちは乗客をかきわけてやっと椅子の手すりとポールにつかまった。揺れるバスのなかでバランスを失わないように気を使いながら、一つか二つほど停留所を進んだときだった。チャンモの前に座っている女が大声で怒りだした。

「この傘、どけなさいよ。早く!」

チャンモの長傘の先が女の体のほうを向いていた。金属片のようにすり減って尖った傘の先から、丸い雨の雫がぽたぽた落ちていた。

「服がぬれるじゃやない!」

「はあ? このババアが……!」

チャンモが女を罵倒しはじめた。乗客の視線がいっせいにチャンモと女にそそがれた。そんなに怒ることかな。チャンモの感情の変化や考えが読めず困惑した人たちが、彼をじっと見ている。そのときわたしは、チャンモにとって自分を攻撃してきた人は、老若男女どんな人であれ、問答無用で、ただ報復すべき対象になることを知った。チャンモは状況を広い文脈や利害関係から判断せずに、自分がそのとき感じた脅威だけに反応した。そうして自分で自分をすり減らし、だめにしながらも、報復こそが最も重要な宿命だと思っているようだった。この世の誰よりも自分を大事にしているように見えるチャンモが、じつは最も手ひどく自分を痛めつけているると、わたしは思った。

チャンモが女のほうへ迫り、今にも突き刺しそうな勢いで傘を振り上げた。わたしはチャンモの腕をつかんだ。

「やめて。妊婦さんだよ」

「それで？　妊婦がどうしたってんだ？　それで無事に産めると思ってんのかよ」

チャンモは表情一つ変えず、お腹のなかの子を呪いはじめた。チャンモに負けじと人目もはばからず声を張り上げていた女の顔からすうっと血の気が引いた。女は反射的に丸くふくらんだお腹をかばい、身を縮ませた。勢いを失った女に、チャンモはいよいよ耳を疑うような辛辣な言葉を吐きはじめた。そんなことを考え、そんな想像をするなんて。人が人に対してそこまでの悪意を抱けるなんて。ただ驚くばかりだった。チャンモは相手が最も苦しむところを正確につかんで、執拗に嫌がらせをした。女はもはや口を固く閉ざし、怒りも毒気も抜かれた表情で、目の前にいるのが人ではなく鬼だというようにチャンモを見ていた。避けられたはずの嵐か地震に進んで近づいた自分を責めながら、この災厄が一刻も早く過ぎ去ってくれることをひたすら願っているかのようだった。

「もうやめて。やめなよ！」

わたしに引っ張られてバスを降りてからも、チャンモはしばらく怒りが収まらない様子で息まいていた。銀杏《ぎんなん》の実がすっかり落ちてしまったイチョウの木の幹を傘で何度も突き刺し、傘がぽっきり折れてしまってからやっと落ち着いた。わたしは停留所のベンチに腰かけてその姿を見ていた。そのあいだに小雨が止んだ。

「めっちゃお腹空いた」

わたしが言うと、俺も、とチャンモが答えた。

「トッポキ食いてえ。おごってよ」

暖かいトッポキ屋さんに入って向かいあって座り、辛いトッポキとのりをまぶしたおにぎりを食べた。チャンモの機嫌はもうすっかり直っていて、バスの妊婦さんのことは彼の頭からきれいに忘れ去られたようだった。どうしてそんなことがあり得るの？　わたしは内心思った。あの妊婦さんは、今も、今夜も、そして赤ちゃんが生まれるその瞬間にも、あなたがさっき言った言葉を思い出して慄《おのの》き、あなたのことを忘れないはずなのに。

「あんたはなんで怒るの？」

わたしは訊いた。

「なんでって？　あの女が先に怒らせたんだろ」

「そうかな。ただ怒りたくて怒ってるように見えるけど」

「俺が？」

チャンモは理解できないというふうに笑った。

「そんなの考えたことねえな。俺はただムカついたら我慢しないだけ」

わたしはうなずいた。

「あんたがそんなふうに生きるつもりなら、それはそのとおりかもしれない。ほかの人の立場を気づかったり、自分の感情を我慢しながら生きるつもりはないと言うんなら、あんたにとってあの女の人は戦うべき敵だったでしょう。あんたの論理ではそれは真実だと思う」

チャンモは口をもぐもぐさせながら、「俺の論理？」と、首をかしげた。もっと説明して、とわたしを見ながら言った。

そのときまで、わたしはチャンモをただそれくらいの態度で接していた。チャンモがわたしのところへ来て誰かに対する怒りを話すとき、あるいは電話で自分の悲しみについて話すとき、わたしはただ聞いているか、ところどころで「そうかもね」と相づちを打つだけだった。それは別にチャンモの考えが正しいと思ったからでも、彼の感情に共感したからでもない。ただ彼のことを友達だと思っていなかったからだった。チャンモと彼が害した人たちを、自分とは無関係な他人だと思っていたから。だけどその日はなぜか、チャンモに何か言ってあげないといけないような気がした。

「だけど、自分の選択に対して責任を持たないといけないでしょうね」

わたしが言った。

「きっと何かを失うことになるよ。ほかの人たちがなぜあんたのように生きないのか、考えてみたほうがいいんじゃないかな。みんなが言う普通とか正常、常識というのが正しいと言ってるんじゃない。そういう検証されたものに守られる安全というのを、あんたが見過ごしてるかもってこと」

つやつやした真っ赤なトッポキをフォークでつっついていたチャンモがわたしを見た。

「でも、別に失うものなんてねえし」

「あんたが失えるものは、いま持ってるものだけに限らない。それはこれから手に入れる大事なものかもしれないし、とっくに失ってしまったものかもしれない。世界は元からそんなかたちと決まってるわけじゃない」

チャンモは首をかしげて、しばらく考え込んだ。

「そんなこといちいち考えて生きてたら、疲れねえ？」

「あんたと違ってわたしは、ほかの人の立場を考えるよ。じつはみんな、自分でも気づかない瞬間に、自分じゃなくてほかの人の立場に立って考えてる。その人の状況とか心を想像してみて、その人の立場になって、相手を理解しようとするの。例えば、さっきバスで会った女の人は、確かにあんたに対して失礼だったと思う。いくら向こうが年上でも、たとえ妊娠中だとしても、あんなふうに振る舞う権利なんてない。あんたもあの人からあんな扱いを受けるいわれはないし」

「それで？」

「だけど、わたしならきっと考えるよ。あの女の人の身になって、あの人の視線で、距離を置いて自分を見るの。あの人の目にあんたの傘は脅威に映ったかもしれない。あんたは丸くて安全な傘の取っ手のほうを握ってたけど、女の人からしたら尖った傘の先が凶器のように見えたのかもね。それは脅威に感じられたんじゃないかな。小さな衝撃にも傷ついてしまうか弱い赤ちゃんがお腹のなかにいたから。バスに揺られて、もしもあんたがバランスを失ったりしたら？　前のめりに倒れてくる体重がかかった傘に、お腹を刺されたりしたら？　そう思うと怖くなって、焦って、攻撃的に言ったのだとしたら？　そんなことを思うと、あの人の行動をただ間違ってるとは言えなくなる。やっぱり少し寛容な気持ちになるの。いつか自分もあの女の人の立場になるかもしれないと思うから。自分が恐怖心から誤った行動をしたとき、ほかの人たちが少しは温かい態度で理解してくれたらと思うから。みんなそんな小さな期待と願いを込めて、常識というものを作っておいたの。そしてあんたは、その緊密な約束事から逸脱した人なんだよ」

わたしはチャンモの天真爛漫な目をのぞき込んで言った。

「つまりわたしが言いたいのは、あんたはいつか罰を受けるだろうってこと」

チャンモが声を上げて笑いだした。長いこと笑ってから、わたしに言った。

「お前と話すと怒ってた気持ちが消えるんだよな。本当に怒ってたのに、本気で死にたいと思ってたのに、自分が本当にそんな気持ちだったのか、自分でもわからなくなるんだ。不思議だろ？」

チャンモと同じクラスだったのは一年生のときだけだった。クラスが分かれてからのチャンモは、気が進まないと何日も学校を休んだり、教室にいてもほとんどの時間を黄色い油のような日だまりに突っ伏して寝てばかりいるようだった。それでも過去のチャンモと比べると、いつになく静かな時期を過ごしていることだけは確かだった。チャンモの噂を耳にした子たちは彼を刺激しないように気をつけたし、彼のほうから先に大きなけんかをふっかけることもなかった。その頃、チャンモのお母さんとときどき電話で話すことがあった。彼女は息子の変化を大いに喜んでいて、いくらか感激さえしていた。チャンモのお母さんが直接口にしたことはないけれど、彼女が長いこと、自分の息子はどこかが壊れた状態で生まれてきたのではないかという恐れを抱いてきたことが伝わった。チャンモと大げんかをしたり、連絡がつかないとき、電話をかけてきて元気のない声で何か知っているかと訊く彼女に、わたしはささやかな絆を感じた。

その頃、チャンモにけっこう仲良くつき合う友達が一人できた。サッカーをやめて実業コースの授業を受けはじめたフンギだった。身長が百八十六センチもあるフンギは、思いのほか純粋で、びっくりするくらい怖がりだった。六年飼っている「ニャンコ」というウサギがいて、体重が十一キロもあるんだと、チャンモが話してくれた。三年生になってからは、フンギの幼なじみのヒョンドも入れた三人でよくつるんでいた。赤い頬っぺにぽっちゃりした体型のヒョンドは頑固だし話も通じないとかで、チャンモはあまり好きじゃないようだった。チャンモはときどきその子たちをわたしの教室にも連れてきて、一緒に時間を過ごした。教室の前を通るときは廊下に面した四角いガラス窓を開けて、わたしの名前を大声で呼びながら手を振った。ガムとか丸い飴なんかをボールのように強く投げてよこすこともあった。そんな行動のせいで、チャンモはわたしのことが好きなのだと思っている子たちもいたが、彼が誰かを好きになるなんて、わたしにはまるで想像がつかなかった。

十八歳の夏休みには、フンギの母方のおばあちゃんの家に遊びにいった。いかにも埠頭で生きてきた女らしく口の悪いフンギのおばあちゃんは、わたしたちのために早朝の魚市場に出掛けて買ってきた魚と海産物で、濃厚なだしの麺料理《カルグクス》を作ってくれた。大食いのヒョンドはそれを二杯も平らげ、食の細いチャンモもうまそうに食べていた。チャンモがおばあちゃんにどう振る舞うかと内心ひやひやしたが、そんな心配が無駄に思えるくらい、彼はおばあちゃんの悪態も荒々しい手つきも調子よく受け止め、礼儀正しく振る舞った。

夕方には海へ出かけた。空と岩礁が広がる水平線の彼方へ、真っ赤ににじんだ太陽が揺らめきながら沈むのを見ていた。砂に足を取られながらしばらく海辺を歩き、顔を上げて潮の香りをかいだ。飛びゆく白い水鳥の群れを眺めた。暗闇が降りた砂浜に座って、細い手持ち花火を片手にビールを飲んだ。パチパチと勢いよく火花を散らす小さな花火をぐるぐる回したりしながら。すべての花火が燃えつきかけた頃だった。好きな人ができた、とチャンモが言った。わたしたちは最初その言葉が信じられず、面白い冗談を聞いたように笑ったが、チャンモは少しも笑わなかった。マジだって、マジで好きなんだって。真顔でそう言われて、みんな驚いた。チャンモが好きになった人は、家庭教師の先生だった。二つ年上で、大学で英文学を学んでいて、名前はソホというんだとチャンモは言った。そう話すチャンモが一瞬、溶けたような緩んだ表情になったので、ようやく本当に恋に落ちたんだと信じることができた。ふと、これはチャンモにとって良い変化かもしれないという考えが頭をよぎった。人の心に共感することを学び、情緒が安定するかもしれないと。でもすぐに、自分の皮膚のように身近な関係になった恋人に彼の暴力性がどんなふうに及ぶかを思い、怖くなった。他人はもちろんのこと、自分をも平気で壊してしまうチャンモが、もしもその人を傷つけてしまったら？　二人の関係をむしばみ、彼自身もじわじわ死んでゆくのではないかという恐れを抱いた。

本格的な恋愛が始まると、チャンモの機嫌はまるで熱帯ジャングルの天気のように、一日のうちにも目まぐるしく移り変わった。彼は毎日、抑えがたく揺れ動く感情と不可解な愛を自分のなかに発見してそれに感動しながらも、ソホさんの言葉一つ、行動一つに絶望と怒りを覚えた。チャンモがわたしに電話をかけてくるのは、決まって後者の感情のときだった。そんなときは、何時間もくり返される彼の話を聞いてあげた。小さな子どものように泣いている彼をなだめ、今あなたが感じている感情は恋をしたら誰もが経験する普遍的な感情で、多くの人があきらめてしまうけど、お互いのことを理解しようとする意志があれば乗り越えられるかもしれない、そんなものだよと言ってあげた。

チャンモはいつも、自分の心が傷つけば世界も終わるものと信じて疑わない子どもみたいな態度で電話をかけてきた。自分にとって重要な問題は、わたしにとっても重要だと固く信じていた。その「世界の終わり」は、チャンモにとっては真実だとわたしは思った。わたしと話すしばらくのあいだは悲しみを忘れ、思わず吹き出してしまったり、また冗談を言えるようになるまでの一連の過程が、彼にとっては大事なんだと。

「散々つき合わせてあんたに迷惑かけといて、結局またなんともない顔をしてあの女に会いにいくんでしょ」

チャンモから電話がかかってくるたびに自習室を飛び出すわたしを見かねた友達が、そう言ったことがある。チャンモのことを理解するわたしが自分には理解できないと。

「別れたいとか、別れるかもって話は初めから信じてなかったし。話の内容はあまり重要じゃないんだよ。チャンモはただ誰かと話す時間が必要なだけ。わたしはそんなチャンモを助けたかったし、結局役に立ったわけだから、別にそれでいいんじゃないかな」

そう丁寧に答えたわたしに、友達は眉間にしわを寄せて冷たく言った。

「訳わかんない。あいつにそんな厚意を受ける資格なんてあんの？」

そう言われて少し驚いたわたしは、初めてそれについて考え、少し悩んでから答えた。

「わたしはただ目の前に危険にさらされた人がいたら助けるだけ。チャンモや彼に傷つけられる人たちの身には、実際に危険なことが起こるかもしれないよね。でもわたしがちょっと手を貸せば、何も起こらなくて済むかもしれない。それを知っていて止められなかったら、わたしの心も傷つくと思う。人が人を助ける世の中は、そんなふうにできてるんじゃないかな」

しかし、その年の秋が過ぎ去ろうとする頃、また少し違った質問を受けた。

「チャンモみたいなヤツを、本当に助けてもいいと思う？」

その質問が出たのは、ヒョンドの口からだった。入学試験を数週間後に控えたある寒い日の夕方、ヒョンドが初めて二人だけで会おうとわたしを訪ねてきた。家の前まで来てくれたヒョンドとどこか話ができる場所を探して歩きはじめたが、あまりの寒さにじっと座っていることも立っていることもできず、少しずつ歩を進めながらヒョンドの話を聞いた。ヒョンドはチャンモとフンギがけんかをしたと話した。このところ二人の仲がぎくしゃくしていることには、わたしも気づいていた。その頃、チャンモはほぼ家出同然の状態でソホさんの家で同棲していて、彼女とうまくいかないときはまわりの人に激しく当たり散らし、またあっけらかんとして愛するソホさんのところへ行ってしまった。優しくて生真面目な性格のフンギは、毎度チャンモのことを心配して力になろうとし、そのためにかえって傷ついた。

「チャンモのヤツ、てめえの家族全員刺してやるってフンギに言ったんだ。俺、すぐそばでそれを聞いた」

ヒョンドは荒らげた呼吸を抑えながら、驚きで思わず口をふさいだわたしを静かに見やった。

「あいつ、フンギのおばあちゃんが作ってくれたご飯をうまいうまいって食ったくせに。それであんなこと言うなんて、どうかしてる」

ヒョンドはかぶりを振った。

「俺はチャンモから離れるつもりだよ。けんかはしない。疎遠になった理由もいつそうなったのかもわからないように、ゆっくり時間をかけて距離を取って、なんの痕跡も残さず知らない人になってやるんだ」

怖いくらいきっぱり言い切ったヒョンドの顔を、わたしは鞭に打たれたような気持ちで見た。

「お前はどうなの。あんなヤツの友達だってことに、後ろめたさとか感じねえの?」

そのときわたしは、何も答えられなかった。答えなど持ちあわせていなかった。

チャンモから連絡がきたとき、がっかりしたと言った。あんたに対する期待は完全に裏切られたし、もうこれ以上口もききたくないと、責めるように言った。だからもう連絡してこないでと冷たく言い渡して、電話を切った。その後も何度か電話がかかってきたけれど出なかった。もうこれでおしまいだと思った。

だけど時間が経つにつれて、何かを間違えたような気がした。こんなふうにすべてを片づけてしまうことが。すべてをチャンモのせいにして、自分だけが安全なところへ抜け出すのは、卑怯なことに思えた。これ以上何をすべきかはわからなかったが、まだ終わっていないということだけははっきりしていた。

チャンモからかかってきた電話に出たのは、そんな思いを抱えていたときだった。彼は救急室にいた。深夜二時だった。救急室に駆けつけたわたしを見つけたチャンモが大声でわたしの名を呼んだ。まるで廊下側の教室の窓を開けて、わたしを呼ぶときのように。わたしはチャンモに歩み寄りながら、傷だらけの顔とそこかしこに血のついた白いTシャツを見た。ベッド脇に立つと、チャンモはぐちゃぐちゃの顔で笑った。

「来てくれたの、お前だけ」

その声には、純粋な喜びがにじんでいた。

「母さんも、ソホさんも、みんな来てくれないって」

「誰とけんかしたの？」

「知らない人」

わたしは大きくため息をついた。

「あんたはなんでこうなの」

「ごめん」

チャンモが疲れた目でわたしを見上げた。

「みんな俺が悪かった」

なんであんたが傷ついた顔をするの、とわたしは責めなかった。すっかり見慣れたはずなのにまだどこか馴染めないチャンモの顔をのぞき込みながら、この人はいったい誰なんだろう、本当の彼はどんな人間なんだろうと、考え込んでしまった。

ひょっとしたら、一人の人間を完全に理解することは初めから不可能なことかもしれないという気がした。人は単純な一つの面ではなく、見る方向や立場によってまったく異なる形になる立体であり、また時間の流れとともに形と位置が絶えず変化する流動体であり、時にはさまざまな状態で平行して同時に存在する可能性の集合だということを知った。誰かをこのような人だと定義すれば、それは必ずや間違った言葉になると、それだけが真実であるとわたしは思った。しかしこれはその後長い時間をかけて記憶を反芻しながらつけ足された想像で、そのときのわたしはそこまで思い至らなかった。ただ純粋な直観と心の動きで漠然とそう感じていただけだった。

高校を卒業するまで、ヒョンドは本当に以前と変わらない態度でチャンモに接した。一緒にお昼を食べ、顔を見合わせて笑い、ときどきわたしの教室へ遊びにきた。そんなヒョンドを見ながら胸が痛んだことを思い出す。もしもあの頃に戻れるなら、一緒に寒い街を歩いたあの夜できなかった返事を、彼に言ってあげたい。チャンモがいい人なのか悪い人なのか、それはわたしにはわからない。だけど、自分がチャンモからどの辺りにいるかは決められるし、自分の選択に対しては責任を取るつもりだよ、と。それが誰かを傷つけることにならないように、慎重によく考えるようにするね、と。しかしたくさんのものが消えていったように、もうヒョンドはここにいない。ヒョンドは徐々にチャンモとわたしから距離を取り、今ではどこにいるのかも、元気に過ごしているのかどうかすら、わからなくなってしまった。

大学に入ってからは、チャンモとは連絡を取りあう頻度が減った。わたしは志望していた新聞放送学科に進学して、素晴らしいけれど手ごわいカリキュラムについていくのに精いっぱいだった。絶滅危惧種と生態系の保全のために活動するNPO団体でボランティアも始めたし、女性の人権問題を扱う大学新聞の客員記者にもなった。この世界は関心を持つべき社会問題に満ち溢れていた。わたしは、時に胸をときめかせながら情熱的に、またある時は惨憺《さんたん》たる気持ちで、世界のさまざまな場所で起こっている出来事を見つめ、手を差し伸べた。そのあいだ、チャンモはチャンモで、目に見えない重力に導かれてどこかへ流されていった。

チャンモは両親がやっとのことで入学させた地方の大学を、最初の学期が終わらないうちにやめてしまった。いろんなアルバイトに手を出しているようだったが、しばらくして聞くとだいたいもうやめてしまっていた。自分で部屋を借りることもあれば、誰かの家に居候していることもあった。家には帰らないのと訊いてみると、たまにあったかいお風呂にゆっくり浸かりたくなったら、家族が家を留守にしているタイミングをねらって帰っていると答えた。チャンモがどこかで新しく知り合った友人たちとつるんでほぼ毎日飲み歩いていることを、わたしは知っていた。クラブでしょっちゅう明け方まで踊り、道で声をかけた女の子たちと連絡していることも。どうやらソホさんとも途切れ途切れに関係が続いているようだったが、わたしにくわしくは話さなかった。

大学二年生のとき、チャンモが学園祭に遊びにきてくれたことがある。うちの学科は、伝統韓紙を貼った薄ぼんやりした提灯やすだれで飾りつけた屋台を出して、チヂミと豚肉の甘辛炒めを売った。総務係のわたしが焼酎とビール、ねぎ、玉ねぎ、卵、小麦粉などの在庫を確認していたとき、チャンモが薄暗い屋台に入ってきた。しばらく店内を見回してわたしを見つけると、手を挙げて笑ってみせた。ほぼ三ヵ月ぶりに見るチャンモは、びっくりするくらい痩せ細っていた。わたしも薄い笑みを浮かべて、彼のところへ行った。チャンモからはもうかすかにアルコールの匂いがしていた。

「本当に来てくれたんだ」

わたしが言った。

「そりゃあな」

「一人？」

「おう」

わたしはチャンモをテーブルに案内してから、「ちょっと一人で食べてて、すぐに戻るから」と言い残して席を離れ、豚肉の甘辛炒めと焼酎を一本、彼のテーブルに運ばせた。さっと仕事を片づけてすぐに戻るつもりが、客がひっきりなしに押し寄せてつい長くなってしまった。お客さんをテーブルに案内したりお会計をしたりで、てんてこ舞いだったわたしがはっと気がついてチャンモのいたテーブルを確認したとき、もうそこに彼の姿はなかった。店の外へ出て電話をかけてみたが、つながらなかった。

その夜、池に落ちたチャンモをわたしが発見したのは、まったくの偶然だった。人でごったがえしているキャンパスの中心部を外れて少し散歩をしようと思ったのだった。不意に、池で誰かがおぼれていると叫ぶ声が聞こえた。チャンモは男二人に肩を抱えられて、黒い水のなかから引き上げられているところだった。わたしはチャンモを乗せた救急車に同乗した。走る車のなかで、血の気のないチャンモの顔をじっと見ていると、どういうわけか彼がこのまま死んでしまうような気がしてきた。急にボロボロと涙がこぼれてきて、病院に着くまで止まらなかった。点滴と栄養剤を処方されたチャンモは、救急室のベッドでひと晩中深い眠りに落ちた。栄養失調だと診断した当直の医師は、何も食べていないらしく胃のなかが空っぽで、入っているのはお酒だけだと話してくれた。

それからまた月日が流れた。わたしは大学を卒業して、某新聞社の社会部の見習い記者になった。就職して一人暮らしを始め、車を購入し、いくつかのファンドにも投資していて、別の新聞社の政治部の記者とつき合っていた。彼はエリートコースから一度も外れたことのない人で、傷のない洗練された人生を歩むことを当然のように思っていた。そんな人生を歩んできた人らしく、彼の言動からは自分に対する確信と余裕が感じられた。もちろん博識だったし、世界に対する鋭敏な感受性も合わせ持っていた。いつも品よく謙虚に振る舞うところも好きだった。わたしに夢中だった彼は、毎日会いに来てくれた。その日は、どこかカジュアルなところでビールでも飲もうという話になった。ダーツとテーブルサッカーゲームが置いてある、広い賑やかなパブで二人で飲んでいたとき、チャンモに話しかけられた。わたしの名前を呼びながら真っすぐこちらへ歩いてきたのに、初めはそれがチャンモだと気づかなかった。彼に会うのはほぼ一年ぶりのことで、思えば最後に連絡をしてから季節が変わっていた。チャンモの後ろには、何度もブリーチした髪をショートカットにした背の高い女の人がいた。すぐにソホさんだとわかった。チャンモと目が合ったとき、やはり間違いないと思った。わたしたちは相席して一緒に飲みはじめた。

「そうすると、もう十年来の友達なんですね」

彼氏は嫌な顔をせず、チャンモとソホさんに気さくに接してくれた。

「恩人ですよ。コイツがいなかったら、僕はもうとっくに死んでます」

チャンモが冗談めかして言った。

「実際に会うのは初めてだよな？　こっちがソホ」

「お話はよくうかがってます。初めまして、ソホさん」

ソホさんは、やっと聞こえるぐらいの小さな声で、こちらこそ初めまして、と挨拶した。もうかなり酔っているようだった。

チャンモはソホさんの華奢な肩を抱き寄せながら言った。

「俺たち、来年の春に結婚するんだ」

「えっ、そうなんだ？　おめでとう！」

そうは言ったものの、わたしの目にはチャンモが何かに追われているように見えた。一人でしゃべりすぎているような気がした。会話は途切れることなくスムーズで愉快に続いたが、ときどきチャンモとソホさんだけが大声で笑う瞬間があった。そのたびになぜか、胸がドキッとした。その日は、ビールを三、四杯ずつ飲んでからお開きになった。別れるとき、チャンモはふらふらするソホさんの腰に手を回して、闇の降りた道を歩きだした。遠ざかりながら、今度メシでも食おうぜ、俺がおごるからと叫んで手を振った。

その帰り道、彼氏はわたしを家まで送りながら、わたしがトイレに行っていたとき、チャンモに仕事を紹介したと話した。チャンモはいま失業中で、急ぎのお金が必要だと言うので、先輩が経営するカフェを紹介してあげたということだった。「余計なことしちゃったかな？」と訊きながらこちらの表情をうかがう彼氏に、「ううん、そんなことないよ、気づかってくれてありがとう」と答えたものの、やはりなんだか気が重かった。

彼氏が紹介したカフェは、コーヒーとフレッシュジュース、温めて出すだけの冷凍パンを売る、一、二坪くらいの小さなテイクアウト専門店だった。チャンモはそこで週五で午後六時から十二時まで働いていたが、ひと月ほど経ったとき、レジの現金を盗んで行方をくらました。

お金だけでなく、ミキサーやオーブンのような金目のものも一緒に消えていた。コーヒー豆や果物、プラスチックのカップなんかが床に散らかっていて、カフェのなかで酒を飲んだ形跡もあったらしいと、彼氏は包み隠さず話してくれた。わたしが被害額を弁償すると言うと、もう僕が払っておいたから大丈夫だよと、君の友達をよく知らずに勝手に紹介したのは僕なんだから、君は何も悪くない、本当に気にしなくていいと言ってくれた。彼は品のある人だし、その言葉には嘘がないことが感じられた。

それからまたひと月ほどが過ぎた頃、ソホさんがわたしを訪ねてきた。彼女があんまり泣くので、静かなうどん屋に連れていってうどんをおごってあげた。ソホさんは温かいうどんのつゆをレンゲでちょっとずつすくって飲みながら、カフェの一件は自分とチャンモが二人でやったんだと、どうしてもお金が必要であんなことをしてしまったけど、いつか必ず返すと言った。わたしは、大丈夫です、もう済んだことだから気にしなくてもいいですよと、言ってあげた。チャンモがいなくなったと、ソホさんは話した。カフェのお金を盗んだあと、しばらくしていなくなったらしかった。携帯も停止しているし、もう一ヵ月も家に帰っていない。チャンモがどこにいるのか心当たりはないかと、わたしの顔をのぞき込みながら彼女は尋ねた。そうなんですか、どこなんでしょう、とわたしは答えた。ソホさんは、チャンモのことがとても心配だと、こんなことは一度もなかったのに、何か危険な状況に陥っているんじゃないかと思うと怖いと言って泣いた。きっと大丈夫ですよ、落ち着いて良い方向に考えましょう、家に帰ってもうしばらくチャンモを待ってみてはどうでしょう、とわたしは言った。

それからまた二ヵ月が過ぎた頃、今度はチャンモのお母さんから電話があった。もう四、五年も連絡していなかったが、久しぶりにわたしと話せて嬉しそうな気配が伝わった。記者になったという話はずっと前に聞いていたと言って、「おめでとう」と祝ってくれた。お祝いが遅れてしまってごめんなさいね、と。あなたの人柄と聡明さはよく知っているから、きっとうまくいくと思ってた、わたしもとっても嬉しい、とも言った。それから遠慮がちに、チャンモが今どこにいるのか、何か知っていることはないかと切り出した。わたしは、本当にわからないんです、とだけ答えた。チャンモのお母さんは、そのひと月後にもう一度、六ヵ月後にまた一度、電話をくれたが、それを最後にもう連絡してこなかった。

そうやって冷静に彼女らとのつながりを断ちながら、正直、そんな自分が冷酷すぎる気がして胸が痛んだ。この人たちは何も悪くない、この人たちのせいじゃない、と心の内でくり返しつぶやいた。しかし、彼女らと話しながら、一つはっきり気づいたことがあった。もうずっと前から自分は、チャンモとの関係から逃れたいと願っていて、それはもはや悲しいことでもつらいことでもないのだということ。これでもうチャンモについてすべてを忘れられると思った。

時は流れ、チャンモを知る人はもうわたしのまわりにほとんど残っていない。彼を知っている人たちも、わたしが彼と友達だったことは忘れていた。あの日以来、チャンモは一度もわたしに連絡してこなかった。いともあっけなく、わたしの人生から消えてしまった。そんなチャンモの態度にはどことなく、彼がわたしのことを責めていて、いまだ許していないのだという手厳しいメッセージが込められているような気がした。悪いのはチャンモなのに、どうしてわたしが罪悪感を感じるのだろう？　自分でもよくわからなかった。

しかし人生のさまざまな場面で、ふとチャンモが思い浮かんだ。わたしはもはや世界にとことん立ち向かう社会部記者を辞めてファッション誌のエディターとなり、言論の荒波を離れて優雅なフェリーに乗船していた。一人の男の妻で、お腹のなかにまだ拳くらいの赤ちゃんがいる妊婦でもある。そんな小さな赤ちゃんにとって、この世界はあまりに巨大な未知ではないかとよく考える。だからこそ、今はニュース報道を通じて接する遠い世界の悲惨な出来事が、一層恐ろしく感じられる。そんなニュースに接するたびに、いつもチャンモのことを思い出す。知らない女性に農薬を混入した飲み物を飲ませたという老人。ムカついたからバスの運転手を刺したと言った高校生。そんな話を耳にすると、まさか人があんなことをするなんて、あんなに悪い人が実際にいるなんて、とまず驚き、やがてチャンモを思い出すのだ。彼らと最も心の動きが似ていた人のことを。もしかしたらこの世界のどこかには、そんな残酷なことに及んでしまうかもしれない人たちの話に耳を傾け、彼らを一人にしないで、恐ろしい考えが消えるまでそばにいてあげる人がいるかもしれない。この世界のどこかに、彼らの別の可能性があったのかもしれないと想像してみるのだ。

じつは一度、チャンモに似た人を見かけたことがある。少し前に夫と河原を散歩していたときのことだった。遠くのほうから、その人は走ってきた。初めは人とは気づかず、あっちから何か来るよ、と指さしながら夫に言った。よく見るとそれは、上半身が裸ではだしで走っている男だった。肩にかかるくらいの長髪が耳の後ろへなびき、痩せこけた胸は汗でぎらぎらしていた。真っすぐ照りつける秋の陽射しに、彼の体と川べりが熱せられた金属のように光った。あまりに突飛で見慣れない風景に、もしかしたらわたしだけに見える幻覚かもしれないと思った。わたしの指さす方向を見ている夫の目にも、河原にいる人たちの目にも、その人は見えていないのではないかという気がしたのだ。それからとてもおかしな考えだが、ふと、彼は天使ではないかと思った。天使がなんらかのメッセージを告げるために、わたしに近づいているのだと、漠然とだが、そう感じた。

しかしその奇妙な直観は、彼の大きな奇声によって粉々に砕け散った。もう一度目を凝らして見ると、彼は男たちに追われているところだった。黒い服の男たちがどんな思いで彼を追いかけているのか、その顔や表情からはまるで読み取れなかった。男が捕まるのは時間の問題のように見えた。気がつけば、彼は顔が見えるくらいすぐ近くまで来ていた。そのときようやく、それがチャンモだと気がついた。その瞬間、わたしは間違いなくチャンモだと確信した。チャンモじゃないなんてあり得ないと思うほど、チャンモとそっくりだった。しかしやがて、でもやっぱりチャンモじゃないかもしれないと思い直した。わたしと真っすぐ目が合ったとき、彼は少しも驚いたり戸惑うことなく、憎悪に満ちた目でわたしを見据えた。男たちに押さえつけられて、頬が地面にすれ、腕を後ろ手に縛られながらも、人じゃなく獣のようなうなり声をたててわたしを威嚇した。それは怨みのある人を見る目のようでも、見知らぬ人を見る目のようでもあった。そのとき、ふとあることに思い当たった。チャンモがわたしを攻撃しようとしたことは一度もなかったのだ。

夫はもう安全だと知りながらも、自分の胸のなかにわたしを抱き寄せた。あたかも、あなたの居場所はここだというように。わたしは振り向いて、夫の横顔を見た。夫の視線はチャンモに似た男に釘づけになっていた。まるで時が止まり、夫が石になって固まってしまったかのようだった。あの人が、見える？　わたしは訊きたかった。河原で真昼のピクニックに興じている大勢の人たちも、みんな微動だにせず男が連れ去られるのを見ていた。しかし人々が本当に彼を見ているのかどうか、それはわたしにはわからなかった。人々はただ、あの異常で危険なものがさっさと片づけられるのを、それが視野から完全に消え去るのを、じっと待っているかのようだった。

人が人を助けねば

1

少年の年は十歳、一年前に映画の主役に決まった。とある古い遊園地で監督が偶然その少年を見かけたとき、少年は色白の痩せた腕を半円型の錆びた檻のなかへ伸ばして、赤い野球帽をぎゅっとつかんで放さない子ザルと力比べをしていた。子ザルがもう二匹寄ってきて、鋭い鳴き声を発しながら黒い手のひらで少年の腕を叩いて威嚇したが、それでも少年はその帽子を放さなかった。痛みと恐怖に蒼ざめながらも、顔の似かよったサルたちを厳しい目でにらんでいた。サルの檻の向こうでは、空中で左右に揺れながらくるくる回転するUFOの形をした乗り物から、悲鳴と嘆声が寄せては返す波のようにひっきりなしに上がった。監督は、その見慣れない奇妙な光景が自分の心に引き起こした驚くべき感情について、ドラマチックに語って聞かせるのが好きだった。その話は、聞く者の心の奥底に、これからつくられる映画と幼い俳優についての神秘的な幻想を催眠術のように植えつけた。実際にその日、監督はそれまで一度も会ったことがなく、演技経験も皆無だった見知らぬ少年に、その場ですぐに配役を提案した。しかも彼は、三匹のサルを相手に一人でやり合っている少年の後ろへ歩み寄り、サルに叩かれて腫れあがった少年の腕を引っ張りながら、自分がすでにそう心に決めていることに気づき、驚いた。少年の華奢でか弱い体つきが、いかにも保護本能をくすぐる子どもらしい肉体だということや、とびぬけた美形とまではいかなくとも、その整った顔立ちと表情がどこか特別だということは、すぐに見てとれた。帽子をサルに取られた反動で、少年の手が危険な檻の外へと弾かれた。監督は内心、少年が怒りだすのではないかと思ったが、彼は見知らぬ人である自分を勢いよく見上げ、いささか奇妙な表現でこう言った。「大人が子どもを助けてください」。少年は、子ザルたちが檻のなかの彼らだけの小さな世界で、赤い帽子を取りあいながらどんどん高く登りゆくほうを指さした。「僕の帽子を持っていっちゃったんです。どうしてでしょう?」。

少年は水のなかに入ることを拒みながらも、水から目が離せないようだった。撮影所の巨大な水槽セットを前に、自分を守るようにひざを抱えてじっと座っていた。だが、いったい何から守るというのだろう? 少年の母親は、幼い息子の頑《かたく》なな態度に傷ついていた。この子はいつの間にこんなにも大きくなっていたのだろう? どうして母親である自分には何も話してくれないのだろうか? しかし彼女は、責めているような印象を息子に与えたくはなかったので、なるべく遠回しに少年に話しかけながら、ときどき自分の腕を水のなか深く突っ込んでは出して、ぐっしょりぬらしてみせた。水が安全だということを示そうとして。でもやがて、そんなことはみんな無駄なことだと気がついた。映画の撮影は、少年の拒否によってもう一時間も中断されたままで、撮影所のスタッフたちはみんな困惑していた。これまで順調に撮影に応じてくれていた少年の突然の行動をどう受け止めて良いかわからず、困っている様子だった。意外にも監督は、少年をそのままそっとしておいた。しかし、少年の母親は焦りを感じた。数時間あるいは数日間にわたる撮影の遅延がどれほどの費用の無駄になるのか、彼女には見当もつかなかった。その一方で、息子に対してはすまない気持ちだった。彼女は、夫と一緒に貯めた財産のほとんどを投資の失敗で失ってしまった。そのせいで一家はばらばらに暮らすことになり、頼れる親戚もいなかったので、一人息子を他人《ひと》の手に預けるほかなかった。今では映画の製作会社から少年のマネージャーとして月給をもらい、息子と一緒に住めるようになったが、夫とはまだ別に暮らしていた。こうした一連の出来事、平凡な家庭だったら経験しなかったであろう目まぐるしい変化が、まだ幼い息子に何か深刻な問題を抱え込ませてしまったのではないかと、不安になった。だからわたしは罰を与えられたのだろうか? そんな絶望が一瞬、脳裏をかすめたが、すぐに努めて良い方向に考えようとした。少年の母親は、何か食べたいものはないかと少年に尋ね、彼を一人その場に残してセット場の外へ出た。夫に電話をかけるためだった。

一方、監督は一人になった少年を見ていたが、ちょうどそのとき、妻から電話がかかってきた。とっさに迷っていると、それに気づいた年老いた美術監督が近づいてきた。彼は「美術じいさん」と呼ばれるのが気に入っていて、みんなからそう呼ばれていた。美術じいさんは自分が少年と話してみると進み出た。

「俺は子どもとはけっこう馬が合うんだ」

実際に、彼にはたくさんの子どもや孫たちがいた。連休になると、腕白な小悪魔たちは彼の家のリビングの植木鉢のあいだを危なっかしく駆け回った。じいさんが自慢げにそんな話をしていたのを、監督は覚えていた。

監督が電話を手に出ていったあと、美術じいさんはのんびりした足取りで少年に近づいた。少年が気づかないふりをしたので、彼は無言で隣に腰を下ろし、波立つ水面《みなも》に目をやった。さざ波にちらりと青色や赤紫色が差したようにも見えたが、もう一度よく目を凝らすとただの透明な水だった。水が波打ちながら循環するように設計されたその人工の水槽は、自然の水がそうであるように、人の心のなかに妙な感情を呼び起こした。水がふれる壁と高い天井の黒いコンクリートは、水面に反射された黄金色の光の影にあまねく包み込まれていた。

「美しいと思わないかい?」

美術じいさんがそっと聞いた。

「自分で言うのもなんだが、俺はたいそう気に入ってるんだがね」

少年は黙ったままだった。真っすぐな額と丸い鼻梁を強情に水のほうへ向けたまま、ただじっとしていた。

「じつはだな、ここは廃棄されたプールなのだよ。実際に使われていたこともあっただろうけど、ここを見つけたときにはもうみんないなくなってしまって、ひっそりと打ち捨てられていたんだ。俺たちは本物の川みたいに流れる水が欲しくてな、ぴったりの流水プールを半年もかけて探し回ったんだよ。そしてさらに半年をかけて工事をした。死にゆく空間に手を入れて、新しく蘇らせるつもりでね。もちろん、その気にさえなりゃ、本物の川底みたいに真っすぐに伸びて揺らめく水草を植えることも、美しいサンゴや白い砂で海のように飾ることもできたさ。だけど、今回はそうしなかった」

少年がゆっくり振り向いて、美術じいさんを見た。

「水槽の底と壁はみんな俺が作ったよ。それはつるつるしたただの石でできてる。水が出入りする穴がいくつかあるけど、お前さんがその穴に吸い込まれるこたあ絶対にない。もちろん、カメラはお前さんが一人になったところを撮るだろうけど、でも画面の外では、何かあったら助けようと大人たちが見守ってるんだ。お前さんが沈む前に救い出そうとしてね」

「僕は泳げますよ」

少年が首を振った。

「おぼれるかもしれないと思って怖がってるわけじゃないんです」

美術じいさんは、少年が子ザルたちと勇敢にやり合っている姿を想像して、微笑んだ。

「じゃあどうして水に入りたくないんだい？」

「僕には、幽霊が見えるみたいなんです」

少年は少し怒ったような口調で抗議するように言った。

「あの水に入るなって、僕を引き止めるんです」

美術じいさんは、待ってましたとばかりに応じた。

「俺も子どもの頃は幽霊を見たもんだ。誰にでもそんな時期はある」

でも撮影所の暗い片隅で監督と鉢合わせたときには、じいさんは大声でこう叫ばずにはいられなかった。

「わかったよ。あの子がどうして水に入りたがらないのか、わかったんだ」

美術じいさんは、にこにこ顔で言った。

「愛情が必要なんだ。子どもたちは愛情が欲しいと甘える。本当は俺たちだって同じだ。みんな愛が必要なんだ」

2

彼は、娘の左の犬歯の横に八重歯が生えているのを発見した。初めはピンク色の歯茎の内側から膨れ上がる水疱瘡のようにうっすらと見えていたその歯は、やがて歯茎に刺さった硬い小石くらいの大きさになった。娘が楽しそうにおしゃべりしているときや弾けるように笑うとき、上唇がめくれ上がり八重歯が顔をのぞかせた。医師の説明では、乳歯を抜くべきタイミングで抜かなかったせいで、永久歯が元々あるべき位置からずれたところに生えてしまったということだった。「八重歯じゃなく、先に生えていた歯のほうを抜かねばなりません。乳歯を抜けば、八重歯は自然と本来あるべき位置に移動して、新しい犬歯になるんです。不思議でしょう?」。

「あんまり放っておくと歯並びが悪くなるし、歯神経を刺激して激しく痛むようになるってさ」

「そうなの?」

疲れた目をして化粧台の前に座り、クレンジングクリームを顔に伸ばしていた妻は、ベッドに寝転んでいる彼に鏡越しにちらと目をやっただけで、それっきり何も言わなかった。来週までに仕上げるべき企画書のことで妻の頭がいっぱいだということを、彼はよく知っていた。

「俺が週末に歯医者に連れてくよ」

「あら、そうしてもらえる?」

じつのところ彼は失業中だったので、週末でなくてもいつでも娘を歯医者に連れていくことはできた。

「もちろんさ」

「そうだ、あなた」

妻はようやく振り向いて、彼を真っすぐ見て言った。

「愛してるわ！」

週末がきたとき、娘は何か不穏な空気を察したらしく、お出かけしたくないと言い張った。算数の予習もしないといけないし、午後には楽しみにしていたアニメも観ないといけないんだと言って、見え透いた口実を並べたてた。彼は娘が嘘がつけるほどに成長したということに、不意に心を打たれた。

「お口を大きく開けてごらん」

「あー」

彼は娘の口のなかに人差し指を突っ込んで、八重歯の下にある犬歯の乳歯をさわってみた。しっかり生えていて、びくともしなかった。続けて、八重歯が歯茎を突き破って生えている辺りを押してみた。

「痛い？」

「全然」

娘はひとつも痛くないという表情をしてみせてから、彼の胸のなかに飛び込んできた。

「パパ、抱っこして」

彼は、手でふれると小さな骨が感じられる娘の華奢で柔らかな背中を、いつものように驚異を覚えながらさすってあげた。こんなにもか弱い存在をぎゅっと抱きしめても壊れないというのは、彼にとってはいつでも新鮮な驚きだった。

「今日は遊園地だぞー」

「歯医者なんでしょ」

「そのあと、遊園地へ行こう！」

娘は頑なに首を横に振った。目には涙までためて。

「だって今、全然痛くないいんだもん。このままでもいいでしょ？」

「赤ん坊のときに生えた歯は丈夫じゃないんだ。その歯では、大好きなチョコレートもおばあちゃんになるまで食べられないぞ」

「パパ、お願い。わたしの歯は丈夫だよ」

娘は恐怖に震えながら、彼の首に抱きついた。

「わたしの歯なのに、なんで取られるの？　取ろうとするのは、誰なの？」

彼はしばらく考え込んでから言った。

「牛乳プリン」

娘は本気で憎むような目で、彼を見た。

「ソーセージパンと紅茶ケーキも買っちゃおうか」

「やだ！」

二人の看護師に手を引っ張られて診療椅子のある部屋に入っていく瞬間まで、娘は彼と口を利いてくれなかった。歯医者に行く前にカフェに立ち寄り、彼が甘くて可愛らしいパンを選んでいるあいだも、娘はまるで知らない人みたいに遠く離れて立ち、ガラス戸の外の風景をもの哀しそうに見ているだけだった。娘の機嫌を取ろうとして山のように買ったおいしい食べ物が、透明なビニール袋二つに分けてつめられ、彼のそばの椅子の上に置かれていた。病院には、どんなときでもきっとママが助けてくれるものと信じていたのに裏切られ、そのことに耐えられず泣きじゃくる子どもたちでいっぱいだった。子どもたちはひっきりなしに診療室のなかへ消えていった。彼はその泣き声をかすかな騒音のように聞き流しながら、音量を絞ったテレビに映る水泳競技の中継を見るともなく見ていた。長方形の青いプールを健康的な選手たちが力強く横切っていた。向かいに座る男が、このうえなく真剣な表情で試合を見守っていた。盛り上がった首筋と広い肩幅からして、その男はかつて水泳をしていたのかもしれないと思われた。経済的な問題だとか負傷だとかが原因で水泳をやめたのかもしれない。日常を維持していくために水一滴ない乾いた陸地に留まり、単調にくり返される業務をこなしている男。男のひざには、診療を待っているうちに寝入ってしまったのであろう彼の息子が、軽くて丸い頭を載せていた。男が小さな息子を広い海に連れ出し、水に浮くためのコツを教えている姿や、塩辛い海水を飲んだその子が思いっきり顔をしかめた拍子に、男にそっくりの面影がふと露わになる瞬間。そうしたものをぼんやりと想像しながら、彼は眠気が押し寄せるのをこらえていた。どれくらいの時間が流れたのだろう。不意に男が短い叫び声を上げたので、彼はびっくりした。試合が終わったらしかった。テレビ画面には、いちばん早くゴールタッチした選手が、プールのなかで太くたくましい腕を力強く振り上げながら咆哮する姿が映っていた。拍手喝采に沸き立つ観衆のすさまじい歓声が、音量をうんと小さくした音声で響いた。画面の下の青色のテロップでは、主要なニュースが右から左へテンポよく流れていた。海上で発達した台風「カメ」が今朝上陸して、猛烈な勢いで北上している。予想される進路は流動的で、甚大な被害をもたらす恐れがある。そんなニュースを読んでいたとき、診療室の扉が開き、頬がぱんぱんに腫れた娘が現れた。白いガーゼを噛んでいる娘に向かって彼は微笑みかけながら両手を広げてみせたが、娘はぷいとそっぽを向いてしまった。

3

彼は僕の父親ではないが、一時期、僕にとって唯一の保護者だった。彼と一つ屋根の下で暮らしながら一緒に食事を準備し、小さな食卓を囲んで素朴だけど温かい夕飯を食べながら、その日あったたわいない出来事を話していたときがあった。その頃は、どちらからともなく些細な予定を教え合っていた。まるで本物の家族のように。しかしそれはもうずいぶん昔の話で、さまざまなことが原因で関係がこじれ始め、今ではほとんど赤の他人のようになっていた。

——カメ、元気にしてたか？

久しぶりに電話をかけてきた彼が僕をカメと呼んだことに、僕は衝撃を通り越して静かな怒りを覚えた。それは僕がとても小さかった頃、彼が僕を呼んでいたニックネームだった。

——夕飯でも食べにおいで。お前さんの好きなキャベツのキムチと鶏肉の煮込みを作っておくから。

まるでつい先週も会ったばかりのような、そんな口ぶりだった。彼とはここ十年、電話ですら話したことがなかった。僕が返事をせずにいると、彼は一人でに自分の近況を長々と話しはじめた。

——俺は今じゃあ、すっかり果実酒づくりの名人になっちまった。百日ほど前に仕込んでおいた酒がちょうど飲み頃なんだ。百年草とアロニアの酒がとくに絶品なはずだよ。飲んだらきっとびっくりするぞ。お前のほうはどうなんだ？　演劇はまだ続けてるのかい？　子どもたちもすっかり大きくなったんだろう？

——ちくしょう、なんのマネだ？

僕はついに我慢できず、そう叫んだ。

——歳取ってボケちまったのか？

——俺は死ぬまでボケることはない。賭けてもいいぞ。ただ一緒に夕飯でもどうかと思っただけさ。

彼は笑いながら冗談を言っているらしかった。それにようやく気づいたとき、僕は恐怖すら覚えた。

――難しいことは何もない。ただの夕飯なんだ。味は悪くないはずだし、うまい酒もある。もちろん、毒を盛ったりもしないさ。

男が茶化しながら、続けた。

――妻と子どもたちを一緒に連れてきてもいいぞ。食べるものは十分に用意しておくから。むしろ多すぎるくらいにな。いくらでも好きなだけ食べられるように。ただここに来て、たらふく食べるだけでいいんだよ、カメ。

僕は歯ぎしりした。

――そのあだ名で呼ぶな。二度とな。

――わかった、わかった。

しかし、彼はそのまま引き下がるつもりはないらしかった。彼は執拗だったし、どこか切実そうにすら見えた。だけど、いったいなぜ？

――じつはな、俺は死につつあるんだ。

男がそっと知らせるように言った。

――もうあと残りわずからしい。

――やめろよ。

——本当なんだ。本当にもう時間がないんだ。

——やめろっつってんだろ。

——なんなら、診断書の写真を送ってやってもいい。信じてくれ。俺はもうじき死ぬんだ。

——俺に関係ねえだろ。勝手にくたばれよ。

——嘘じゃない。確かに死が近づいているのを感じるんだ。お前にとても会いたい。

——死んじまえよ！　とっとと死ね！

電話を切り、そのまま携帯を放り投げた。携帯は羊毛ラグの上を鈍い音を立てて転がり、散らかった洋服のあいだに埋もれた。

「まあ、ハルクみたいね」

ジェニーが近寄り、心臓がバクバクして汗でぐっしょりになった僕の胸をなでた。

「こんなに乱暴な男だったなんて、知らなかったわ」

それでも僕はまだ怒りが収まらず、荒々しく息を吐いた。ジェニーはしばらく幼い息子を見るような目で微笑んでいたが、やがて身をかがめて僕の額に口づけした。彼女の顔が近づいたとき、ふわっといい香りがした。おかげで気分はだいぶ落ち着いたが、それがお別れときのジェスチャーだということを知っていた。もう彼女の家を出るべき時間だった。ジェニーは鏡の前に座り、化粧を始めた。もはや僕には露ほどの関心も見せなかった。ジェニーは美しく優しい愛人だったが、通話の相手が誰だったのか、どうして僕がこんなにも怒っているのかについては、一言も訊かなかった。

「夕方、飲みにいかないか？」

「台本読みがあるの」

ジェニーはこちらには目もくれずに、そう答えた。一瞬傷ついたが、顔には出さずにうなずいた。

妻は今日は妹夫婦の家に招待されたと言っていたし、息子も娘も友達と夕飯を食べて帰ると朝食のときに言っていた。高校生と中学生になった子どもたちは、僕にとって今やほとんど知らない人のようになっていた。あの子たちが言っていることや考えていることを、僕はもはや理解できなかった。妻についても同じだった。子どもたちみたいに成長しているわけでもないのに、彼女がかつて持っていた特性はことごとく消えて、見知らぬ他人のように恐ろしい存在になっていた。

「じゃあ、また！」

ジェニーは部屋を出る前に、床に落ちている携帯を拾って手渡してくれた。彼女がいなくなり、部屋に一人で残されると、不安で耐えられなくなった。でも何に対して不安を感じているのか、それは自分でもよくわからなかった。

いつからだっただろう。

彼との距離が徐々に遠のいた切っかけはいくらでも数えられるが、ずっとさかのぼっていくと、最後にたどり着く一つの記憶がある。なんてことない出来事だった。それでも彼のことを思うと、真っ先に思い浮かぶ記憶。

それは僕が中学生だった頃のことで、彼はその当時、別の中学校で水泳のコーチをしていた。学校が終わって家に帰ると、真昼の日差しが降りそそぐリビングで、彼は弟子たちに囲まれて笑っていた。僕より体格が良くてたくましい男の子たち。まだ乾ききらない髪からはプールの消毒薬の匂いがする、幼い水泳選手たちだった。彼は僕を呼んで隣に座らせると、いたずらっぽく僕の首に腕を回した。僕がそのグループにうまく打ち解けてくれることを望んでいるようだった。しかし話はいつも試合や記録についての話題になり、そのたびに僕は会話から静かにはじかれた。その時間が嫌でたまらなかったことを、数十年が流れた今でも鮮明に覚えている。

「帰れよ」

ある日、玄関で待ち伏せしていた僕は、家を訪ねて来た少年たちの前に立ちはだかった。

「なんで？」

その子たちが訊いた。

「おじさんはくたくたなんだ。お前らが授業が終わったあとも、また会いにくるから」

「そんなこと、コーチには言われたことないけど」

疑うような目が僕に向けられた。僕は負けじと言い返した。

「よく考えてみろよ。お前ら、授業をただで延長してもらってるようなもんじゃないか。うちにプールはないけど、それでもおじさんに泳ぎ方を指導してもらってるだろ。図々しいと思わないの？」

奴らがみんな帰ったので、僕はその日、とても満足した気分で静かな午後を満喫した。しかしその日の夕方、そのうちの一人の母親が家を訪ねてきた。

「ちょっと時間が遅すぎたかしら？　買い物からの帰り道なもんですから」

前にも何度か家に来たことのあるおばさんで、彼女におすそ分けしてもらった漬け物とジャムをおいしくいただいたのを覚えていた。開いた扉の隙間からのぞくと、彼女が手で支えている自転車のかごのなかに、野菜や食料品の入った重たそうなエコバッグが見えた。

「息子から聞いて来ました。追加の授業料があるということですが、おいくらなのか正確に知らないと言うので、わたしから直接お渡しできればと思いまして」

僕のほうに背を向けて立つ彼の表情は、こちらからは見えなかった。ただ静かに話を聞き、ときおりうなずく彼の後頭部が見えるだけだった。それから、週末に短期の合宿訓練を予定していると話し、そのために必要な交通費と食費、宿泊費、プールの利用料金が請求されたのだと説明する彼の静かな声が聞こえてきた。その話が終わってからも、彼とおばさんはしばらく玄関先に立ったまま、互いの近況を親身になって尋ねあった。ついに彼がドアを閉めてこちらを振り向いたとき、その手にはおばさんが合宿訓練代として支払った紙幣が握られていた。彼が僕の目の前に近づいてくるまで、僕は一言も口がきけなかった。あんなに怒った彼の顔を目にするのは初めてのことだった。彼が紙幣を振ってみせながら、静かに言った。

「さあ、これを見ろ。お前が善良な人たちからだまし取ったものだ」

「そんなつもりはなかったんです」

彼はひらひら舞い落ちる紙幣を床にばらまくと、大きな手で僕の肩をひっつかんだ。

「いい子でなきゃダメだろ！　善い人になれ！」

彼がそう言うたびに、肩をつかまれた僕の体は重心を失い、前後に揺さぶられた。

4

少年は水辺に腰かけて、のり巻き《キンパプ》を食べた。絶対水に入らないと言いながらも、間違いなく水に深く心を奪われた表情だった。監督は少年のそばに腰を下ろし、無言でのり巻きを口に運んだ。冷たくておいしくなかった。

「どうして電話に出ないんですか？」

口を固く閉ざしていた少年が、初めて監督に話しかけた。妻からの電話が鳴り続けていた。

「今は出たくないんだ」

監督は秘密を分かちあう仲間のように、少年に目くばせしてみせた。

「ただなんとなくしたくないことだってあるもんだからな」

少年は口に入れたものを呑み込むと、しばらく考え込んだ。監督は少年の小さな顔に予想もしなかった意外な表情や、自分では思いつかないが実際に目にしてみるとなるほどこのほうがぴったりだと気づかされる感情が、魔法のように浮かびあがる瞬間を思い出していた。それを正確なカメラアングルでとらえた瞬間の快感も。少年が見せる本能的な才能をどう説明できるだろう。彼は俳優になるために習得すべき発声や身のこなし方を、学ばずとも自然に理解していた。純粋で飾り気のない少年の演技がつくり出す複雑な意味はどこから来るのだろうか。

「あの場面《シーン》を抜いてしまうのは、だめなんですか?」

ついに少年が尋ねた。

「君が水におぼれる場面のことかい?」

「はい」

「場面を一つ抜いてしまうのは、別に難しいことじゃない。でもそうすると、もう同じ映画ではなくなるんだよ。まったく別の映画になるわけだ」

「たった一つの場面なのに」

監督は少年に聞かれたことについてよく考えてみた。フィルムカメラを習っていた頃、暗室でフィルムの引き伸ばし作業をしながら、写真の色がじわじわと浮かび上がってくるのを待っていたときのことを思い出した。空中に張り渡された長い紐にぬれた写真を吊るして乾かしながら、剝製にされた瞬間を一枚ずつ順番に並べていったことも。

「聞いてごらん」

監督が言った。

「この映画のなかで君は、親の愛情を受けられなかった子どもなんだ。お父さんは酔っ払いのばくち打ちで、お母さんは逃げてしまった。そんなかわいそうな子が川に落ちる。とても深くて冷たい川のなかに。まわりの人たちが見ているが、誰も君を助けられない。そのとき、水泳のヒーローだった男が川原を通りかかるんだ。不慮の事故で片脚を失い、水泳をやめるしかなかった不幸な男が。ここ数年間、人生をただ無意味に過ごしていた彼は、おぼれている君を目にして、自分を支えながらも片脚を引きずらせていた松葉づえを放り投げて、川に飛び込む。水中で彼は速くて自由だ。彼は純粋な君に出会い、人生の新たな一歩を踏み出す力を得るんだ。ふたたび誰かのヒーローとなってね。そうして君には良い友達ができる。君は彼から愛される。もう寂しい道や誰もいない家にひとりぼっちで残されることもなくなるんだよ」

少年はすでに台本で読んだはずの映画の内容を静かに聞いていた。賢い子だと、監督は思った。

「君が危険に陥ってこそ、君を助けられるんだ。男が川から君を助け出し、自分自身を暗闇のなかから救い出すためには、まずは君が危険に陥るたった一つの場面が必要なんだ。君が救われるのはもう決まっているんだよ。ほら、結果を知っていてもまだ怖いと感じるかい？」

「まず、僕は怖がっているんじゃありません」

少年は首を振った。

「それから、僕にはよくわからないんです」

「何がだね？」

「幸せになるために不幸になるのが良いことなのかが。それは本当に良いことなのでしょうか？　僕が水におぼれるのは、どっちみち変わらないのに」

少年は光も闇もすべてを呑み込む水を、ふたたび切なく眺めた。

「不思議ですね。次の場面を知ってしまったら、もう幸せも幸せじゃなく、不幸も不幸じゃなくなりますね」

監督は少年の表現に感嘆した。そして、無垢でありながら同時に無限の知恵でこの世界を見ているこの小さな子に、どんな答えを返してあげるべきだろうかと悩んだ。そのとき、妻からまた電話がかかってきた。彼は妻が泣いているのかもしれないとふと思ったが、やはり電話は取らなかった。しかし、なぜ？　監督は自分がどうして妻からの連絡を避けるのか、自分でも説明できないことに気づいた。

「歳を取ると、後悔がたくさん降り積もるんだ」

少年が振り向いて監督を見た。

「俺が台無しにしてしまったもののなかには、本当は誰かを助けたくてしたことや、誰かを愛していたからこそしたこともあるんだ。結局は、そうすべきじゃなかったんだがね。恐ろしいのは、もしもそのときにもう一度戻れたとしても、また同じ選択をするだろうということなんだ。無邪気に、幸せを感じながら。だけど、そんな幸せがなかったら、果たして人生は美しいだろうか？」

監督は大きなセットを遠目に眺めた。水槽の近くの陰に腰を下ろして休んでいる人たち。明るい通路をぶらぶらしている人たち。中断された撮影をただあてもなく待ちながら、楽しそうに談笑している人たち。退屈していたり、時には深刻な悩みに陥っている人たち。

「ある出来事が起こったあと、良いことが起こるか悪いことが起こるかは誰にもわからない。この世界ではただ何かしらの出来事が絶えず起こっていて、人はただそれを受け入れるしかないんだ。だけど、何も理不尽だとばかり思うことはない。それらは、俺たちを傷つけたり倒したりするために外からやってくる侵略者ではないんだ。すべては過ぎ去ったあと俺たちのなかに残り、俺たちの一部になるからな。決して俺たちが消えるわけじゃない」

少年は賢い目で、疲弊した顔の監督を見た。監督は少年の父親と同年代だったが、ずっと老けて見えた。彼は父親とは体型も顔もまるで似ていなかった。しかし少年は初めて彼のことを父親のように感じた。その考えはやがて、彼と友達になれるかもしれないというかすかな予感に変わった。この大人になぜか憐れみを感じたからだった。

「質問があります」

少年が訊いた。

「どうして亀なんですか？」

「カメ？」

「はい、どうして僕を救ってくれる水泳選手は、海辺を目指して道路を横切っていた亀のファミリーに出くわすんですか？　どうして不注意にも視線を奪われて、走ってくる車をよけられず不幸になってしまうんですか？　なぜよりによって亀なんですか？」

5

危険な規模に発達していた台風「カメ」は急速に消滅した。台風の上層と下層のあいだで風の向きと強さに違いが生まれ、二つの層が分離したことが原因だった。真っ二つに割れた台風は力を失い、雷と突風を伴う激しい雨をもたらしただけで、なんら被害を及ぼすことなく消滅した。その夜、倒れた家もなければ死んだ人もいなかった。しかし、果たしてそうだろうか？

彼は娘が眠気に勝てず、しきりに瞬きするのを何度も見かけた。歯医者を出て家に帰る車中、助手席に真っすぐ座っていられず、体が片方に何度も傾く様子も見ていた。しかし彼は、娘が抜歯をしてたくさん出血したのと極度に緊張していたことから、ストレスが疲れとなって現れているのだと考えた。

「早くお家へ帰ろう。ご飯を食べて、薬を飲んで、甘いものを食べたら、少し眠ろうな」

娘の返事はなかった。彼は娘がまだ怒っているのだと思った。

車窓の外はどしゃぶりの雨だった。雨水に浸かりはじめた道路の上で、行き交う車は何か怖いものを避けるようにそろそろと進んでいた。空には異常に大きく膨れあがった雨雲が辺り一面に立ち込めていた。ときおり、すばしっこい稲妻が斜めに細い線を描きながら走った。それはいささか非現実的な風景だったので、彼はわけもなく胸騒ぎがした。

娘は車を降りて家に入るとき、普通に歩いていた。依然として彼のほうを見たりパパと呼んだりはしなかったが、傘のなかで彼の腕を取り、体をもたせかけてきた。彼はそんな娘の行動に大きな安堵を覚えた。そして、自分がとても不安な気持ちだったことに気がついた。

午後のあいだずっと仕事をしていた妻は、嬉しそうに彼と娘を迎えた。彼は妻が娘の口のなかをのぞき込みながら、怖くなかったの、痛くはなかったの、と尋ねる声を聞きながら、手にしていた荷物を片づけようとキッチンへ入っていった。キッチンとユーティリティルームの窓が開いていた。彼は慌てて窓を閉めたが、家のなかは雨で水浸しになっていた。雨水をきれいにふき取り、ぬれた服をタオルでざっとふいて乾かしていたとき、妻が呼ぶ声がした。

「わたしの言うことに、全然答えてくれないの」

妻が震える声で、もう一度娘の名前を呼んだ。

「どうしたの？　ママの声、聞こえないの？　ママの言ってること、わかる？」

娘は妻がまったく見えていないかのように、周囲を見回した。何かを見ているような感じではなかった。

「こっちを見てごらん、ほら、パパだよ」

彼は娘の体をつかみ、無理やり目を合わせようとした。しかし娘の目が彼を見ていないことはすぐにわかった。彼は自分の心のなかにずっと巣くっていた不安の正体を知った。娘の状態がおかしいということに、彼は直観的に気づいていた。それなのに気づかないふりをして、自分をだましていたのだ。彼は自分への怒りで頭がおかしくなりそうだった。

妻が電話で救急車を呼んでいるあいだ、彼は娘を抱きしめていた。娘は目をつむっているわけでも動けないわけでもなかったが、まるで別の次元に入りこんでしまったかのようだった。彼の持つ物理的なもののすべては、今や無意味だった。温かい体温も声も、何一つ娘には届かなかった。

救急車が病院に向かうあいだ、救急隊員たちはペンライトで娘の瞳孔を確認し、酸素吸入器をつけただけで、ほかにはなんの措置も取らなかった。娘の状態については、彼らにも何もわからないようだった。娘の手を握っている妻は、すでにたくさん涙を流していた。脱水症状が起こらないように心を落ち着かせるよう妻をなだめながらも、彼自身涙がこみ上げるのを我慢できなかった。

「まだですか？　病院まではまだ遠いですか？」

彼が涙をぬぐいながら訊いた。

「もうすぐです」

若い救急隊員が答えた。

「時間がかかってしまったことが、何か問題にはならないでしょうか？」

「まだ何もわかりません。検査をしてみないことには。でもあまり心配しないでください」

「こんな患者はよくいるんですか？　搬送されたことがありますか？」

救急隊員が痛ましい表情で彼を見た。

「本当に優しい子なんです。こんなに優しい子はいないくらい」

彼は手を伸ばして娘の顔をなでた。妻は娘の手の上に顔を載せて、眠ったように突っぷしていた。

「娘が二歳のとき、ピンクのウサギのぬいぐるみを買ってやったんです。娘は今でもそのぬいぐるみを大事そうに抱きしめて眠り、まるできょうだいのように家中を連れ歩くんです。それくらい大好きでね、ある日、ふと思い出したように僕に言うんです。ウーちゃんを買ってくれてありがとう、パパ、大好きだよって。ウーちゃんというのは、そのウサギのぬいぐるみに娘がつけてやった名前なんですが……」
彼はこみ上げる涙にしばし言葉を切った。しかしすぐにまた話を続けた。

6

ドアを開けてくれたのは、男の妻だった。僕は彼女が男の妻であることを知っていたが、そのことを忘れて生きていたので、二人が夫婦として一緒にいるところを見るのは、何か思いがけない感じがした。彼女は玄関先まで来てまだ躊躇している僕を心から歓迎し、軽くハグしてくれた。しかし彼女の腕が僕の背中にふれた瞬間、自分と彼女がかつてあまり仲が良くなかったことがゆっくりと思い出された。小さな目に意地悪そうな顔をしたその女を男は介護のために雇い、やがて愛するようになったのだった。

男は大きなアイランドテーブルに座っていた。内心、僕が来てくれるだろうという期待と、来ないだろうというあきらめとが半々だったに違いなかった。嬉しさと驚きが入り混じった視線からそれが伝わった。僕と彼はお互いにとても長いあいだ会っていなかった。十余年ぶりに再会した男の姿は見る影もなかった。ずっと水泳をしてきたおかげで頑丈で美しい鎧のごとく肉体を包んでいた筋肉は、もう跡形もなかった。整った顔立ちも頬がこけてやせ細り、毛髪もほとんど残っていなかった。もしも彼が自分の家の食卓で僕を待っていたのではなく、バスの隣の席に座っていて僕に次の停留所を尋ねていたら、最後まで彼だということに気づかず、この衰弱した老人を助けていただろう。このじじい、本当に死にかけてるなと、心の内で思った。

「さあ、どうぞお掛けなさい。本当に久しぶりに帰ってきてくれたね」

「ふんっ！」

その言葉には笑うしかなかった。彼の家が僕の家でもあったのは、人生のうちのごく短いあいだだけだった。死を目前にした彼が信じているこの妄想じみた錯覚がどこまでのものなのか、ここまでくるとかえって興味がわいた。

僕がおとなしく椅子に座ると、彼は嬉しそうに準備したメニューを説明した。彼が豪語していたとおり、食べきれないほどの料理が用意されていた。薄口醬油で煮込んだ鶏肉と水キムチ、香り立つよもぎ汁、大根とカキのスープ、ノビルの醬油漬けと赤飯、牛肉の串焼き、干しダラの和え物、平たくたたいて味つけしたツル人参焼き、大正海老の塩焼き、ホタテ、ゆで豚肉と太刀魚の塩辛、そして水あめで甘く煮つめた栗が大きな食卓の上に並べられていた。上質な皿に盛られたおいしそうな料理の数々を目にすると、かつて妻と子どもたちと一緒に囲んだ木製のテーブルが思い出された。その食卓で、子どもたちは食べ終わるのに五分もかからないシリアルを食べ、妻は果物を食べた。僕は何を食べていたっけ？

「どうぞたくさん召し上がって。こうして来てくれていなかったら、もったいないことに全部捨てるところだったわ」

彼の妻が僕の向かいに座り、陽気な声で言った。この心のこもった手料理は、みんな彼女が用意したに違いなかった。彼女は長い時間をかけて食材の買い出しと下ごしらえをし、何時間もキッチンに立ちっぱなしで料理を作ってくれたのだろう。もし僕が来なかったら、全部捨てることになるかもしれないというのに！　彼女は男のために調子を合わせてあげていた。僕は自分が記憶しているよりはるかに歳を取ってしまった二人をまじまじと観察した。彼らが通ってきた長い時間を僕は知らなかったし、二人が今お互いのことをどう思っているのか見当もつかなかった。

「早くお食べなさい。料理が冷めてしまわないうちに。食べながら話そう」

男が少し焦った様子で言った。この家に入ってから僕がまだ一言も口を利かず、食卓に着いてからもまだ料理に手をつけずにいることに気づいたのだろう。

「お腹が空いてないかい？」

「俺が食うと思ってんの？」

彼の浮かれていた表情が、ゆっくり陰っていくのが見てとれた。彼は悲しみを押し隠せずに言った。

「だってほら、本当に久しぶりじゃあないか」

「あんだけ長いこと忘れて生きてきて、そのくせ死ぬときが来たら良い関係にして終わらせたくなったのか？　永遠に嫌われるのは嫌だから？」

「俺たちにはお互いを恨む複雑な気持ちがあって、簡単には和解できないだろうけど、それでもほら、良かったことだってきっとあるよな？」

「ふんっ！」

僕が叫んだ。

「俺がどうしてここに来たか、わかるか？　わかんのかよ？　あんたがなんにも知らずに死んじゃうかもしれないと思って。あんたがどんなに残酷で身勝手な人間かを俺が教えてやらないうちに、死んじまうかもしれないと思って」

彼の妻がそっと口を開いた。

「少しだけ、この人の言うことを聞いてやってくれませんか？」

「おばさまは黙っててください」

僕が反射的に叫んだ。おばさまというのは、彼女が男の介護士だった頃に僕がつけた呼び名だった。彼女は静かに口を閉じた。

「お前は相変わらず自分勝手で、ぶしつけな野郎だな」

彼はついに怒ってしまった。久しぶりに耳にする辛辣な声で、僕に言った。

「そうだったよな。お前はそんなふうに意地悪く振る舞ってすべてを台無しにするくせに、自分の苦しみしか目に入らない情けないヤツだった。この人と俺の結婚式でもお前は祝辞を引き受けておいて、祝福の言葉を一言も言わずにマイクを置いたっけな。お前がマイクに向かって言ったことといったら、今日はとても良い天気ですね、本当に良い日ですって、それくらいなもんだ。それなのに、お前は俺とこの人に謝りもしなかった」

結婚式のことなら、はっきりと覚えていた。当時、彼との関係が少し回復していたので、結婚を心から祝う祝辞を準備していた。ところが、式が始まる前に来賓席で顔を合わせた女の娘と諍いがあった。女が最初の結婚で産んだ娘だった。何に対してそこまで腹を立てたのか、それは今となっては思い出せなかった。

僕は皮肉をこめて言った。

「へえ、新しい妻のことをそんなに愛してるんですか？　俺が知ってるのとはちょっと違うようだな。あんたは死別した最初の妻のせいで悲しみに暮れて、すべてを放り出したんじゃなかったっけな。人生も、水泳も、あんたが自分の口で、これからは俺の息子だと宣言していたはずの家族さえも。俺はあんたにとっくに愛想をつかして家を出ていたけど、母さんの訃報を聞いてあんたのところへ戻ったんだ。あんたからはひどい仕打ちを受けたけど、それでもあんたの悲しみと苦しみを分かちあい、あんたの力になってあげようと思って。それなのに、そんな俺にあんたはどうしたんだっけ？　まだ高校生にすぎない子どもに対して、どう振る舞ったんだよ？　本当に残酷だったよな。このうえなく卑劣だった。まるでその子のほうは家族を亡くしていないかのように。家族を失ったのは自分だけで、その子は家族じゃないというように」

彼も負けじと言い返した。

「お前にあの人を母さんと呼ぶ資格なんてねえよ。お前のことをあんなに可愛がっていたのに。帰ってきてほしいとあんなにも懇願したのに、それでもお前は見捨てて出ていったよな？　家を出て好き勝手にやってたじゃねえか。それはほかの誰のせいでもない、お前自身が望んでしたことなんだ。お前のほうこそ俺たちを家族として受け入れず、俺たちを絶望のなかにうち捨てたんだ。あの人は死ぬまでお前のことを恋しがっていたのに、お前はそのときどこにいた？」

食卓の上に並べられたせっかくの料理が冷めていった。食卓を挟んで僕と男は互いに憎しみと怨みを込めて猛烈な非難を浴びせかけた。男の妻だけが、誰も手をつけようとしないご馳走を怠《だる》そうな目で見ていた。

7

少年は突然思い直して、水に入ると言いだした。

「急に消えたんです」

「何がだい？」

「幽霊が」

少年は何か懐かしいものを見納めるように、揺らめく水を眺めていた。少年にとって水は、何か特別な意味を秘めたまま遠ざかっては近づく世界の境界のように見えた。黒く甘い水のふれるところすべてが世界だった。噴きあがる水と沈む水が同時に存在していること、それぞれに異なる波が連続した一つの塊だということに、少年は心を惹《ひ》かれた。それは偶然につくり出された瞬間ではなく、似たような反復をくり返しながら配列をつくり出す、世界の暗号のように思えた。

しかしそんな心の内を誰かに伝えるには、少年はまだ幼すぎた。

「僕のママは死につつあるんです」

「それはどういう意味だい？」

監督が驚いて尋ねた。

「ママが友達と電話で話しているのを聞いたんです。僕だけが知っていて、僕が知っていることにママは気づいていません。パパにも内緒にしてるんです」

監督は何かを知ってしまった子どもの目を、痛ましげにのぞき込んだ。彼はふと、自分がこの少年を助けたいという願望に強く駆り立てられていることに気づき、驚いた。目の前にある水のなかに少年を追い込むことが正しいことなのか、怖くなった。

「電話に出てください」

少年が言った。

「その人はたぶん、監督が電話に出てくれることをとても切実に願っていると思います」

監督はまたもや鳴りはじめた妻からの着信をしばらく見ていた。少年が彼を見守っていた。

監督は静かなところへ歩いていきながら、電話を取った。

――もしもし？

受話器の向こうからは、何も聞こえてこなかった。

――もしもし、俺だよ。

妻はすすり泣いていた。

――撮影中だったんだ。それで電話に出られなかった。

彼は罪悪感にうずきながら、嘘をついた。

――あなたがもう永遠に電話に出てくれないような気がしたの。

妻がやっと声を出して言った。

――あなたがどこかへいなくなってしまうんじゃないかと。

――そんなはずないだろう？

彼は妻を優しくなだめた。

――それとも何か事故が起きたんじゃないかって。急にあなたの身に恐ろしい事故が起きる場面がくり返し頭に浮かんだの。

彼はもう何年も続いている妻のこうした状態に、ため息をついた。

——僕はどこにも行かないよ。そんなこと、考えたこともないさ。

嘘だった。彼は心の内では幾度となく妻のもとを去っていたが、結局彼女のそばに残っているだけだった。去りたい気持ちも、そばに残ってあげたい気持ちも、どちらも偽りのない本当の気持ちだった。

——あなた、あのときのことのせいで……。

妻は言葉じりをにごした。

——あのことは本当にもう忘れたさ。もううまく思い出せないくらいだ。

彼はまたもや嘘をついた。妻は受話器の向こうでしばらく無言のままだったが、やがて不安な声で小さくつぶやいた。

——本当に愛してる。

そのとき、遠くに少年が水辺を離れてどこかへ走ってゆくのが見えた。少年が駆け寄った先には、彼のママとパパがいた。遠方で働いているという少年の父親が、息子の様子がおかしいと聞いて会いにきたのだ。少年の家族が一緒にいるところを目にするのは、監督にとって初めてのことだった。彼は驚いた。少年が父親の胸のなかで泣いていた。子どもらしく甘えながら、そして怯えながら、思いっきり泣いていた。その姿を見て、彼も泣きたい気持ちになった。

受話器の向こうでは妻が絶えず何かをささやいていたが、何も耳に入らなかった。彼は言った。

——あの子は事故で死んだんだよ。あれは事故だったんだ。

美術じいさんは自分の造った美しい水槽のあるセット場内をぶらぶら歩きながら、世界のどこかで子どもや親を亡くした悲しい人たちのことを想った。彼らはどんな結果が待っているかわからない巨大な水のなかに入り、びしょぬれになってこの世に生まれ落ちたばかりの赤ん坊のようだった。泣きだすこともあれば、時には眠ったままで生まれ、別の世界を旅することもあった。

8

すべてが終わったとき、夫婦は疲れ果てて家に帰り、死んだように眠った。ほとんど三日三晩を。夫と妻は同じベッドに寝起きしたが、ときおり目を覚ます時間がそれぞれ違ったので、じつのところ二人は数日間会うことも、互いの目をのぞき込むことも、悲しみを分かちあうこともなかった。かつてなく互いを必要としていた瞬間だったのに。それは二人にとってとても孤独で恐ろしい時間だったので、心の奥深く傷となって刻まれた。

先に長い眠りから目覚めたのは夫のほうだった。手足が思うように動かず、調子が戻るまで難儀した。まるで自分の手足を切り取られ、見知らぬ手と足をつけられたかのようだった。

彼が寝室の外へ出て真っ先にしたことは、リビングのソファに置かれたウサギのぬいぐるみを引き出しのなかにしまうことだった。彼はそれを悲しみにとらわれずにやってのけた。そのとき彼が感じていた感情は、むしろ恐怖だった。妻が見る前に自分が先にぬいぐるみを見つけられて本当によかったと、安堵した。

彼は取り散らかっていたタオルと洋服、小物を片づけた。いつもやっていたことなのに、どこかぎこちなく感じられた。これはここでよかったかなと、物の置き場所がよくわからなくなった感じだった。部屋を片づけながら、彼は娘が残した痕跡を数えきれないほど発見した。娘のお気に入りだった本や色鉛筆、シロフォン、振ると五色の竜巻ができるガラスの瓶、娘に箸の使い方を覚えさせるために妻が買ってあげた矯正箸、冬用の帽子やらかわいらしい長靴やらといった物が、家中を満たしていた。これらすべてをどう整理すればいいのか、整理すべきたくさんのものから自分という存在を切り離すことは可能だろうかと、彼は考えた。

彼は軽い食事をつくろうと思い、キッチンに入っていった。妻に何か消化しやすく胃に優しい温かいものを食べさせてあげたかった。彼は米があることを確認してから、冷蔵庫から卵とハムを取り出した。ねぎはあったかなと思いながらユーティリティルームのドアを開けた瞬間、彼は衝撃でその場に凍りついた。

「あ……」

雑然と床に倒れたビニール袋のなかから、形が崩れ、腐ったパンとケーキが流れ出していた。雨のために彼が窓とドアを閉めておいたユーティリティルームには、熱い空気とひどい悪臭がこもっていた。床にはすでに小さな粟粒のような蛆《うじ》がわき、空中には塵のようにいっせいに舞い上がっては降り立つ黒々としたコバエでいっぱいだった。ラズベリークリームが流れ出たドーナツはさながら血を流しているようで奇怪に映った。アカシアのはちみつがかかった栗のパン、カスタードクリームがたっぷりつまったカステラ、プリン、フルーツのショートケーキ。娘が大好きだった甘くておいしい食べ物が、ぞっとするような汚物となって腐っていた。

「なんなの、これ？」

彼は飛び上がるほど驚き、後ろを振り向いた。乱れた髪に血の気のない顔をした妻がすぐそこに立っていた。妻はまだ夢を見ているような目でぼんやりとその光景を眺めていたが、突然恐ろしく豹変した。

「この汚い、臭いものはいったいなんなの？」

「お前……」

「なんなのよ？」

彼は妻がもうこれ以上その無残な光景を見ないように、体で隠すようにして立った。

「中に入ってて。俺が片づけるから」

しかし妻はそうしなかった。

「これは何。これはなんなの。これはなんなのよ」

妻は狂ったようにブツブツそうつぶやきながら、ユーティリティルームに入ってきた。彼は止めようとしたが、妻は恐るべき力でそれを振り切った。

「ケーキじゃない。マカロンもある」

妻はまるで品定めでもするように、それらを指で押してみた。

「こっちにおいで。さわっちゃあダメだ」

「どうして？」

妻が彼を睨みつけた。それから腐った果物と生クリームにまみれたケーキをひと握りつかみ取ると、彼の鼻先に突きつけた。

「あんたが買ったのよね、そうでしょ？」

彼は返事ができなかった。

「みんな、あんたがあの子を歯医者に連れていくために買ったものでしょ！」

彼は妻が理性を失っていることを知りながらも、どうしようもない罪悪感に苛まれながらその言葉を聞いた。

「卑劣な手を使ったのよ。無邪気な子をだまして、あんなに怖がっていたのに、ついにあの子を死に場所へと連れていった」

「違う。俺は知らなかった。こうなるとは、本当に知らなかったんだ」

「わたしが聞いてなかったと思ってるの？」

妻は発作のように笑いだした。

「寝室でぜんぶ聞いてたわ。行きたくないって、泣いてすがるあの子を、パパ助けてって言っていた子を、お前が、お前がな、この悪魔！」

「俺はただ助けようとしたんだ。知ってるだろ。俺は、俺は……」

彼は泣き崩れたが、妻はもう彼を見ていなかった。汚物となったものを、手あたり次第につかんでは投げながら、誰にともなく叫んだ。

「地獄に落ちてしまえ！　地獄に落ちろ！」

9

僕が戻ってくるものと、どうしてわかっていたのだろう。ドアをノックする前に、彼の妻が出てきて僕を迎え入れてくれた。

「さ、お入りなさい。彼はもう眠ってしまったから」

僕は憎しみと暴力だけが飛び交うけんかの末に飛び出した彼の家に、もう一度入っていった。もう夜も更けて、世界は怒りも憎しみもなく静まりかえっていた。食卓はきれいに片づいていた。

「お腹が空いたでしょう？　何か食べますか？」

彼の妻が訊いた。彼女は僕が夕方に言ったことを聞いていないかのように優しくしてくれた。

「さっきはひどいことを言ってすみませんでした、あなたに謝りたいと思って、戻ってきたんです」

彼女は静かに微笑んで手招きした。

「謝りたい気持ちがあるなら、ついて来てください。見せたいものがあるから」

彼女は男が寝ている寝室へと、僕を連れていった。男の荒い息遣いを聞いた僕が中へ入らずにいると、彼女が急にびっくりするくらい大きな声で叫んだ。

「入って！　この人、寝る前に薬を飲んだから絶対起きないわよ！」

その声に背中を押されるようにして、僕は思わず彼女のあとについて男が寝ているベッドの前まで歩み寄った。彼女は僕をベッドの脇の椅子に座らせ、自分も別の椅子に腰かけた。それから男の額をさすりながら、低い声で言った。

「この人、もう長くないと思うの」

眠っている彼は、死を目前にした患者のように見えた。僕に向かって怒鳴り散らし、非難を浴びせかける姿がどうして可能だったのか信じられないほどだった。彼はただ悲しく死にゆく老人にすぎなかった。僕はなぜか確めてみたくなり、彼の右足があるべき辺りに手を伸ばしてふれてみた。布団が深くくぼんだ。

「カメって呼ばれてたんでしょう？」

彼女が訊いた。

「昔はそうでしたね」

僕はもう精魂つき果て、ただ素直にそう答えた。

「事故に遭った日について、彼が話してくれたことがあるの。世界選手権大会を前に合宿訓練に行っていたときだったって。訓練ができるようにレーンで仕切られたプールと宿が、とても素敵な海辺にあったって」

僕も知っている話だった。男は道路で海辺に向かう亀の家族に目を奪われ、バスにひかれて片脚を失った。

「どうして亀を見てたのかって、尋ねてみたことがあるの」

僕が話の続きを待っていると、彼女は焦らすようにしばらく間をおいてから言った。

「初めは教えてくれなかったんだけどね。でも結局は話してくれました。亀が好きだって」

彼女が笑った。

「亀は水のなかではとても速いんだ。あの長々と続く熱い陸地さえ無事に渡りきればなって、彼は言ってました」

僕は彼から初めて「カメ」と呼ばれた瞬間のことを思い出していた。そのとき、どんな話をしていたんだっけ。

「それから、こんなことも言ってました。だけど、今じゃあ少し意味が変わっちまった。カメはいつどこで出くわすかわからない、俺の運命なんだ。出会ったらもう二度と元の人生には戻れない」

彼女は、何か食べるものを持ってくるから、もう少しゆっくりしていきなさいと僕を諭すと、僕だけを寝室に残し、キッチンに料理を取りにいった。

「お互いのことがどうしても許せないなら、このほうが良いと思うの。ただ静かに死にゆく憐れな老人と一緒に時間を過ごしてあげて」

僕は彼女が持ってきてくれた冷めた料理を食べながら、まるで男に話して聞かせるように彼女と話を交わした。ズッキーニや牛肉でつくった香ばしいチヂミを口に入れると、自分がひどくお腹を空かしていたことに気がついた。お腹のなかは空っぽだった。彼女は僕が好きなだけ食べられるように、料理をたくさん持ってきてくれた。男が自分で漬け込んだと自慢していた紅色の百年草酒も、彼女と酌み交わした。僕は不思議なくらい空腹感と気だるさが押し寄せるのを感じながら、酒と料理を続けざまに口へ運んだ。そうしながら、のべつまくなしにしゃべり続けた。思えば、誰かとこんなふうに話をするのはずいぶん久しぶりのことだった。僕は日常について、そして僕自身について、話し続けた。自分の弱さや強さについて。頑張れば頑張るほど自分がどんどんおかしくなっていくことや、とてもつらいけど何がつらいのかさえよくわからなくなってしまった自分の心について。そしてまわりの人たちについても打ち明けた。冷淡な妻と子どもたち。僕の内面にはなんの興味もない愛人や友達。僕を憎んでいる人たち。だけど、その理由を本当に知ることはできるのだろうか？　彼女はそんな話をすべて静かに聞いてくれた。

僕は彼女にいま書いているシナリオの内容を話した。

「映画が大きな成功を収めたあと、少年はたくさんお金を稼いで有名になるけど、両親が財産争いをして離婚することになるんです。それからというもの、少年は薬と女におぼれて映画界の悪童と呼ばれるようになります。監督のほうも、映画は成功しますが、妻の自殺で深い闇に堕ちます。つまり、二人にとって映画の成功は不幸をもたらすわけです。僕はその映画で重要な意味を持つ水中場面の撮影を、少年に躊躇《ためら》わせました。哀しい未来へ向かうのを少しでも遅らせたいと願って」

僕はそう語って聞かせながら、話がつきないことに気づいて驚いた。

「本当に不思議なことに、不幸をもたらしたその映画の縁こそが、彼らを救うことになります。その子と監督は友達になり、家族になります。そしてふたたび赤の他人になります。遠のいたりまた近づいたりをくり返し、互いを憎んだり恋しがったり、傷つけたり無関心になったりしながら、愛も憎しみも消えた緩い関係になって歳を取ります。そしてとある飲み屋で偶然再会するんです。彼らは初めのうちは不機嫌そうにお互いを知らんぷりしますが、二人とも好きな歌が流れると気分がよくなり、快活にしゃべりだします。お互いに酒をおごり、人生と運命についてて語り合いながら、また友達に戻ったみたいに一日つき合うんです。その席を立ったら、またそれぞれの人生から姿を消した幽霊に戻るというのに」

男は依然として死人のように眠っていて、女は薄ぼんやりした輪郭となって暗がりのなかにいた。僕はすぐにでも消えてしまいそうなその老人たちに向かって尋ねた。

「僕を形づくったもの、僕を構成しているものはどこから来たのでしょうか？　どうして塵や騒音のなかに散ってしまわないのでしょう？」

夜は輝く一つの石

約束の時間に二時間も遅れていったのに、どういうわけか彼はとくに責める様子もなく、ビールでも飲みませんかと誘ってきた。わたしはあまりにも完璧に遅れてしまったために、もはや焦りや申し訳ない気持ちを通り越して、もうどうにでもなれという心境になっていた。だから今日初めて会った彼に勧められるままに、その一般住宅を改装した静かなカフェでビールを飲み、もう一杯いきませんかという誘いもなんとなく受け入れた。

彼はわたしのことが気に入ったというよりも、天気と風が絶好のビール日和だと思ったようだった。こんな日はビールを飲むしかないということにわたしもまったく同感だったので、わたしたちは近所の路地裏と坂をあっちこっちハシゴしながら、ビールを飲み続けた。多世帯住宅の外壁に危なっかしく設《しつら》えられた鉄の階段を上ったところにある広さ四坪ほどのピザ屋で、クリームスピナッチピザをつまみながら、華やかな香りのインディア・ペールエールを飲んだ。屋上階に人工の芝生を敷きつめて黄色い裸電球を鈴なりに吊るした小洒落た雰囲気のルーフトップバーで、夕暮れどきの空を眺めながらクリーミーなスタウトビールを飲んだ。

わたしたちはそのうちお互いにため口で話しだし、下の名前で呼びあうようになった。というてもとくべつ親しくなったというわけではなく、たいした会話もなくただ相席しているといった感じで、それぞれにちびちびとビールを飲んでいた。彼はかなり飲んでいたが、顔色はちっとも変わらなかった。悪意のない沈黙を知っているし、何かしゃべるときでも落ち着いた低い声で話すので、とても物静かな感じのする人だった。視線や身振りから伝わる印象も、なんとなく欲がない人のように見えた。

「どうして帰らなかったの？　待っているあいだ退屈だったでしょう」

酔い覚ましがてらに、わたしがしゃべりかけた。

「別に待っていたわけでもないんだけどね。もう来ないだろうと思ってたし」

彼はゆっくり首を横に振った。

「なんとなく隣のテーブルの話を聞いてたんだ」

どんな話だったのか気になる、とさりげなく水を向けてみた。何に対しても興味がなさそうな彼が、知らない人たちの会話にこっそり耳をそばだてている姿は、あまり想像がつかなかった。彼は一瞬真面目な表情になり、一つ断りをつけた。

「僕が聞いたとおりに話してあげることはできるけど、それは本当にその人たちが話していた内容とはたぶん違うと思う」

そんなことはどうだっていい、それがなんだったのかとか、どんなことが彼らの身に起きたのかとか、そういう真実はちっとも重要じゃないから、とにかくなんでもいいから話してよ、とわたしはせがんだ。すると彼は、例の欲のなさそうな声で話しはじめた。

「たぶん、つきあいが長くてお互いの考えとかものの見方を知りつくしたカップルみたいだったな。カフェのインテリアについて話してた。天井を取り払ってむき出しにしてある電気配線とか、崩れた壁のあいだに露出したレンガなんかを指さしながら、半ば二人の絆を確かめあうような感じで、遊び半分で議論してた。この空間は、古びて廃れゆくところだとみるべきか、それとも建築によって新しく生まれ変わっているとみるべきかについて」

「あなたはどっちだと思うの?」

「僕?」

「うん、あなたの考えは?」

「僕らはただ観察できるだけで、そんなことは判断できないんじゃないかな。例えばの話だけど、君は今日僕を二時間も待たせたわけだけど、結局は来てくれたから、その二時間は君が僕のところにたどり着くまでにかかった時間になった。だけど、もし来なかったとしたら?　その時間はなんの意味もない、まるで方向性のない時間になっていたはずだよね」

「なるほど。それで、そのカップルはどう言っていたの?」

「男のほうがローマ式コンクリートを例に挙げたんだ。現代のコンクリートは砂とか細かく粉砕した石みたいに、化学反応を起こさない材料でつくられるけど、火山灰と石灰、海水でつくられる古代ローマのコンクリートは、長い歳月を経ても崩れるどころか、むしろ強固になるんだって、そんな話だった。海水と化学交換を起こす鉱物セメントが海岸の防波堤に使われていて、その防波堤は数千年ものあいだ強度を増しているらしいんだ。つねに世界中の地形を腐蝕させてきた海と波が、その石をむしろ強固にしてるんだって。ひょっとしたらそれは、人間の限りある一生からしてみたら、ほとんど永遠に近いようなものだろうと、そう男は言ったんだ。ところがさ、そこから雰囲気がちょっと妙な感じになったんだよね」

「どうして？」

「女のほうが深く考え込んでしまったんだ。とても長い沈黙だった。だいぶ経ってから、女がちょっと突拍子もないことを話しはじめたんだ。あなたは知らないと思うけど、じつはわたし、小さい頃イグアナを飼ったことがあるんだよねって、女はそう言った。そして続けた。メスとオスを一匹ずつ飼ってたんだけど、あるときから突然、オスのほうがメスに嚙みつくようになったの。エサも十分に与えていたし、メスが何かオスを刺激するようなことをするわけでもないのに、ひっきりなしにメスの首元とかしっぽを狙って嚙みついたり、威嚇したり、執拗にいじめるわけ。メスが死んじゃったらどうしようって、怖くなっちゃってさ。ところが、しばらくして本当に一匹が死んでいるので見てみると、死んだのはメスじゃなくてオスのほうだったの。死んだオスのお腹からは、直径六センチもある結石が出てきた。文字どおり、硬くて丸い石だったんだけど、わたしは命あるものの死を目の当たりにするのはそれが初めてだったから、自分にとってその石は、言ってみれば死を指し示す一つの形態になった。何かを呑み込んでそれが体のなかに積もると、それは石になるんだって。そして苦しくなったら、まず身近なものに噛みつくんだなって」

「どうして急にそんな突拍子もない話をしたのかな？」

「男もやはり、同じことを訊いてた。そしたら女は小さくため息をついてから、こう答えたんだ。つまりね、あなたにはわからないだろうけど、わたしにはその石を見つめながら思い浮かべた複雑な感情があるってこと。そしてそんな時間を一つ残らずあなたに伝えるのは不可能だってこと。わたしは今でもそのイグアナのお腹から出てきた石を持ってるの。もちろん、あなたには決してわからない、想像すらしたことのない深くて暗いところに、その石はこれからも永遠に置かれたままだと思う。それを知らずにいるとしたら？　それも悪くはないけど、でもいつかわたしたちをひどく悲しませたり、危うくさせるのは、きっとその小さな石なんだろうと思う。わたしの言いたいこと、わかるかな？　そう訊いたあと、女はまるで何事もなかったかのようにまた優しい声で違う話を始めた。男のほうも自然な流れで、そのまま別の話に移った。何かを包み隠したり誰かを傷つけたりしない、あたり障りのない話に。二人はしばらくのあいだ僕のすぐ近くでそんな会話を交わしたあと、どこかへ行ってしまった」

「それで、あなたは悲しくなったの？」

「いや、驚いたんだ。じつは、僕のなかにもそんな石が一つあるんだ。数年前から、夜夢を見ると、決まって緑色の明かりを見るんだ。夢だと知らずにいてふと視線を移すと、暗い路地の奥や少しだけ開いた引き出しのなか、あるいは誰かの足元や、何もない虚空に、その明かりがそっと静かに浮かんでるんだ。そうすると僕は、これから長い夢のなかをさまようことになると悟りながらも、どこか彼方に僕が記憶できない別の世界があるってことを、少しだけ信じる気持ちになるんだ」

「ほっとするんだね」

「たぶんね。その明かりを手に取ってみたことはないけど、きっとそれは光り輝く温かな石なのだろうと、いつも思ってた」

わたしたちはしばらく無言のまま、波際ににじむ泡沫のように足下に広がるなだらかな夜景を眺めていた。数知れない小さな明かりの向こう、近いようにも遠いようにも見える黒い山の上にそびえるタワーが、世界を指し示す緑の石のように優しくきらめいていた。

メゾと近似

それは過ぎ去った。わたしはもう大丈夫だ。ある夜遅く、熱いシャワーを浴びたあとひんやりした革のソファに座り、海のなかの情景を静かに追うドキュメンタリーを観ていたわたしは、ふと自分がその出来事をくぐり抜けたことに気づいた。画面のなかでは、大きなマンタがダイバーたちの頭の上に黒い影を落として悠々と優雅に泳いでいた。一人のダイバーが名残惜しそうに手招きしてみるが、マンタは柔らかな胸びれをひらひらさせながらどんどん遠のいてゆく。水面下に燦々と降りそそぐ陽射しのなか、カメラに背を向けてゆらゆらとたゆたうダイバーの肩を見つめていたわたしは、不意に彼と一緒にスキューバダイビングをしたある夏の旅行のことを思い出した。あの人は水中で二十キロもある酸素ボンベを背負っていて、口からは生命力で煮えたぎるような白い気泡がいつまでも途絶えることなく噴き出した。その恐ろしいけれど美しい形をした息吹と薄い水中メガネ越しに、わたしたちは互いの目を見ていた。ひょっとしたら互いの表情や合図を読み違えていたかもしれないが、笑ったり驚いたり、いたずらっぽく顔をしかめて見せたり、あるいはゆっくりまぶたを閉じる姿を見ることができた。そしてじっと待っていれば、きっとまた目を開く姿も。わたしたちは同行していたプロのダイバーから、遠く見えない水中のどこかにサメの群れがいると聞かされていた。でも不思議と怖い気持ちは起こらなかった。サメがいることを信じなかったのではなく、それがどこかに潜んでいることがむしろとても自然に思えたのだ。浮力に馴染まない体があちこち思わぬ方向へ動いたが、それでもわたしたちはその気になれば二人で同じ方向へ動いたり、お互いに向かって泳ぐこともできた。そんな記憶を幸せな気分で思い浮かべていたわたしは、自分でも驚くほど安らかな気持ちになった。あなたはわたしの記憶の一部となり、わたしはこれからも生き続けるだろう。

しかし、ドキュメンタリーが終わらないうちにソファで寝入ってしまったわたしは、翌朝目覚めたとき、それが誤った記憶であることにすぐに気がついた。ずっと前、赤道付近に浮かぶ暖かい島をあの人と旅行で訪れたことはあるが、水中で体を垂直に立てて互いの目をのぞき込めるほど深い海に潜ったことはなかった。広い浅瀬に体を浮かべ、向きを変えるたびに七色に光り輝くすばしっこい魚の群れと、めいめいに散らばって不揃いに育ち、今では一つのまとまった群落をなしているサンゴ礁の広大なカーブを感嘆しながら眺めただけだった。わたしはこの歪曲された記憶がどこからきたのかをどうにか探り当てようとした。昨夜見た夢のあわいで生じた錯覚だろうかとも疑ってみたが、すぐにそれが自分の夢ではなく、いつか従弟《いとこ》から聞いた夢の話からきているのだと気づいた。いとこの夢にはそんな場面はなかったし、もちろんあの人も登場しなかったが、それでもやはりすべてはその夢に由来しているに違いなかった。

いとこからその夢の話を聞いたのは、もう九年も前に親戚たちと一緒にリゾートで休暇を過ごしたある夏のことだった。わたしはいとこについてあの人に話したことも、いとこにあの人の話をしたこともなかったし、二人にそれぞれ会った時期も重ならないはずだった。彼らがわたしの知らないところで何かの縁で偶然会っている可能性もほとんど考えられなかった。つまり二人をつなぐものが何もなかったので、わたしは一度も彼らを同時に思い浮かべたことがなかった。それなのにこのように不可思議なかたちで世界がつながり合っているのを発見するとき、果たして我々は本当に自分たちが記憶しているように過去からやってきた存在なのだろうかと考え込んでしまう。ひょっとして我々は、無限にくり返される鶏と卵の単純な連鎖みたいに、未来から始まり永遠《とわ》に閉じ込められた魂ではないのかと。

あの休暇のことをふだんとりたてて思い出すことはなかったが、それでもわたしはそのとき過ごした時間と風景をかなり鮮明に覚えている。リゾート地の入り口には湖に続く長いウッドデッキがあり、緩やかなスロープになっているデッキの端は水面下に沈んでいた。湖のほうに足を投げ出してデッキに腰を下ろし、透明な水に手を浸すと、魚の背のように冷たい波が指のあいだをすり抜けていった。濃い色の砂利が敷きつめられた散策路が湖をぐるりと囲み、そのまわりにはよく手入れされた草むらと似通った形の雑木林の合間に一様に真っ白いリゾート施設が単調に建ち並んでいた。散歩中に少し考えごとでもしようものなら、自分の泊まっているホテルの前を気づかずに通りすぎてしまうこともしばしばだった。やや遅めの夏の休暇を持ちかけたのは伯父だった。電子機器メーカーの役員を務める伯父は、良質なリゾートの利用権がちょくちょく手に入るのできょうだいたちをしばしば休暇に誘ったが、みんなが時間の都合をつけて誘いに応じたのはそのときが初めてだった。父には二人の兄と姉のほかにかなり年の離れた妹がいた。父と妹のあいだにはかつてもう一人、弟がいたのだが、彼はとても幼くして熱病にかかり死んでしまったので、父の記憶のなかで弟はほとんど幽霊のような存在だった。結婚したいとこたちが誰も休暇に来なかったので、ゴルフや釣りをしながら退屈な時間を持て余している大人たちのほかには、わたしと同世代は年下のいとこ一人だけだった。その子は叔母の息子で、わたしより八つ年下だった。その休暇の数日間、わたしはまるで義務のように彼を連れて湖のまわりを散策した。両親は最初の日にわたしを誰もいない静かな部屋に呼び、その子を一人にしないでくれと頼んだ。まだ小さい子があんなことを経験してしまったのだから、何かよくない考えを起こすかもしれない、本当に不憫だと思わないかと言い聞かせながら。そろそろ中年に差しかかり、しわも表情も互いに似てしまった哀れみに満ちた夫婦は、それはどうしようもないことだというようにゆっくり首を振ってみせた。

五年ぶりに会ういとこは、背丈が三十センチほども伸びていた。それまで叔父似だと思っていたが、あらためて見ると叔母と瓜二つだった。何かを食べたり口を少し開けたまま寝入っているとき、あるいはなんの気なしに何かを見ているようなときに、叔母よりもわたしの父や伯父にそっくりの面影がふと重なって見える瞬間があったので、親戚たちは遺伝子の力はやはりすごいもんだと言って愉快そうに笑った。祖父の葬儀で最後に会ったときのいとこは、死のあとに残された人たちのあいだに漂う重い空気をうっすらと感じとり、よくわけもわからないまただ小さくなっている十一歳の子どもだった。もっと幼かった頃、わたしたちは同じ市に住んでいて互いの家をよく行き来したが、叔父一家が市外へ引っ越してからはつき合いがほとんどなくなっていた。久しぶりにいとこに会ったわたしは少し人見知りをしたが、彼はとくに気にしないようだった。彼はその年にかなり優秀な成績で進学校に入ったそうで、医科大学への進学を目指していると聞いていた。そのため、わたしとの散歩の時間を除いては何時間も部屋に引きこもったまま、壁に面した小さなテーブルで大きな縦長の問題集のページを上にめくりながらひたすら解いていた。彼はふだん口数の少ないほうだったが、数日一緒に散歩をするあいだ、大学生の生活とはどんなもので、小説を書くのはどんな感じなのか、この休暇のあいだに大人たちに内緒でビールをおごってもらえないかなどと訊いた。わたしは、ビールくらいいくらでもおごってあげられるけど今度ね、とさりげなく先延ばしにしておいた。わたしたちは湖の霧が晴れると朝の散歩に出かけ、お腹が空くとリゾート施設から少し離れたところにある湖畔の小さなタルトカフェで温かい食事をした。四日目くらいのお昼のとき、いとこはシナモンパウダーをまぶしたアップルタルトを二切れとコーラを頼んだ。わたしはその店のメニューにあらかた飽きてしまっていたので、アイスティーだけにした。いとこは不意にわたしの書いた小説を読んでみたいと言った。

「小説になんて興味あるんだ？　知らなかったな」

「自分の話を小説にしてみたいなってときどき思うことはあるよ」

わたしは少し笑った。

「それなら日記を書けばいいんじゃない？」

「それはちょっと違う気がする」

いとこもわたしを見て笑った。

「日記だと嘘になってしまいそう」

わたしはカバンのなかからタブレットを取り出して、ちょうど書きはじめたばかりの小説の導入部を見せてあげた。これからどんな物語が展開することになるのかについてなんの前ぶれもない、単なる風景描写だけの短い段落だった。彼は真面目な表情でじっとそれを読んでいたが、やがてわたしに尋ねた。

「湖の畔《ほとり》で始まる話なんだ。ここに来てから書きはじめたの？」

「それは違うけど」

わたしはしばらく考えてから言った。

「もともとは海辺にするつもりだったんだけど、湖に変えたの。よく覚えてないけど、湖畔のリゾートに休暇に行くって聞いてから変えたのかもね」

いとこはうなずいた。そしてもう一度小説を読み返したあと、内容についてはとくに何も言わず、コーラをもう一杯頼んだ。それから野球のことや最近はまっているというシューティング・ゲームについてしばらく話した。わたしは彼の話にときおり相づちを打ちながら、頭のなかでは書きかけの小説の続きを考えていた。いつしか窓が開け放たれていて、黒い水鳥の群れが同じ方角目指して飛びゆくのが見えた。鳥たちはまるで約束でもしたように、毎日決まった時刻になるといっせいに水の上に飛び立ち、空と雲の彼方へと消えていった。そんな場面がくり返されるのを数日目にしていた。水鳥が一羽残らず視野から消えてしまったあと、いとこが自分はときどき夢を見るのだと話しはじめた。

「夢？」

「うん。こんな話、姉さんの小説に役に立つのかな？」

「どんな夢？」

「別に何か特別なことが起こるわけじゃないんだけどね。ただ何かの場面を目にしたり、ふと何かに気づいたりするんだ」

「それは悪夢なの？」

「たぶん違うと思う」

「怖くはないってことね」

いとこは肩をすくめてみせた。

「現実とあんまり変わらない感じかな」

彼はとても幼かった頃、おそらく六歳くらいのときに見たというある夢について話してくれた。その夢を見た日の昼間、叔母に連れられて書店と食料品コーナーのあるデパートに出かけたいとこは、そこで見かけた何かが欲しくてたまらなくなったのだという。それがなんだったのかは結局最後まで思い出せなかったが、とにかく叔母にそれを買ってもらえなかった彼は、家に帰ってから部屋の鍵をかけて大声で泣いたらしい。そして泣き疲れて眠ったその日の夜、その夢を見た。水のなかから痩せた白い樹々が伸びていた。ほとんど林と呼べそうなくらいびっしり生えたたくさんの樹々が幹や枝を互いに刺していた。それらの樹々は互いの生長によって折れたりねじ曲がったりしながら、まるで一つの堅固な結合体をなしているかのように見えた。夢のなかでだいぶ時間が経ったとき、ようやく彼はそれらの樹々が生長を続けていることに気づいた。でもさらに次の瞬間には、樹々は伸びているのではなく、次第に小さくなっているのだと悟った。ひたひたと林を浸していた清らかな水も、気がつけばすっかり涸《か》れ果てていた。時をさかのぼって林になる前の姿へと戻ってゆく樹々は、小さな苗からさらには痩せた小枝になり、ついには生命の息吹がまるで感じられない小さな雫の形をした種になった。かつて堅い根っこを複雑に絡まりあわせ、一つの巨大な肺のように呼吸していた林の記憶。永遠の夢のごとく反復されるであろう種《しゅ》の記憶が、その小さな種のなかに眠っていた。いとこの表現によると、彼は突然のように自分に手があることに気づいた。手を伸ばして種をかき集めてみると、土と混じり合った種は子どもの小さな手でほんの一握りだった。これがその夢のすべてで、自分の見る夢はだいたいいつもこんな感じなのだと、彼は話していた。六歳のときに見た夢を本当に覚えているのかとわたしが真剣になって訊くと、彼は笑いながら、当時の自分にはこんなふうに夢を説明できるような言語能力も夢の展開を理解するだけの認知能力もなかったと、素直に認めた。だけどね、姉さん、と彼は言った。時間が経つにつれて薄れてゆく記憶とは違って、夢というものはだんだん鮮明によみがえるんだ。だからそのときにはわからなかったけど、今になってわかることもある。夢が終わるのは、きっとこうして夢解きが始まるときなんじゃないかな?

いとこは続けた。

「それに、うまく理解はできなくとも何かを感じることはできたしね」

「何を?」

「その夢を見た日、大きなビルが崩壊するところをニュースで観たんだ。一つ目のビルが崩れ、続けて二つ目のビルが崩れおちた。飛行経路を離脱した飛行機が数万人もの人たちがいる建物の中ほどめがけて突っ込んでいったんだ。僕にとって何より非現実的だったのは、その巨大で恐ろしいもののすべてが黒い煙と残骸のなかへと消えてしまったことだった」

わたしは彼の言っていることがうまく呑み込めず、きょとんとしていた。

「つまりさ、そのときは自分が目にしている場面が何を意味するのかよくわからなかったし、その事件の原因とか結果も、人の心や痛みも、ほとんど理解できなかった。それでもなぜかその事件は、自分の見た夢とどこかでつながっているような気がしたんだ」

「予知夢だと思ったってこと?」

「夢がこれから起こることを予見したようにも思えたし、自分が見た夢のせいで引き起こったことを目の当たりにしているような感じもした」

それはあり得ないことだし、そんなふうに思ってはだめだと、わたしはきっぱりと言った。正直、いとこの言葉に胸がドキッとした。それは恐怖に近かった。彼のことが本当に心配になった。それから数年後、わたしはその日交わした会話とはまるで無関係な場面で、人の頭や心のなかで起こることは現実の世界とつながっているのかもしれないという考えに初めて思い至ることになる。

「あり得ないよな。わかってるよ」

いとこはうなずいた。

「だけど、夢を見るときっと誰かが死んだ。僕の夢とはとくにつながりのないような出来事が世界のどこかで起きただけだったけど、でもたくさんの人たちや一人の生きた人間が死んだんだ」

「まさか、そのことに罪悪感を感じたの?」

「たぶんね」

「あなたが罪悪感を感じる必要なんてない」

「僕も自分が罪悪感を感じるべきだと思ってるわけじゃないんだ。だけど、それについて考えることを止めるのはなんだか悪いような気がした」

そのときわたしはどんな表情で彼を見ていたのだろう。どんな意味深な気配を読み取ろうとして彼の瞳をのぞき込んでいたのだろうか。彼が経験した凄惨な出来事を思い浮かべ、たった一人で受け止めねばならなかったはずの感情や苦痛、それによってゆがんでしまったかもしれない心を想像しながら。いまあらためてそのときを振り返り、自分が想い描いた痛ましい想像の数々を思い浮かべると、それらがどれも漠然としているだけでなく、ひどく見当はずれだったことに気づく。それは当事者でない他人の勝手な想像にすぎず、むしろ嘘に近かったに違いない。そして今になって思うと、そのときには思い至らなかったことがある。わたしが自分の目の前にいるいとこを想うのと同じように、彼もまた死んだ人たちのことを想っていたのだということ。一度も会ったことのない見知らぬ人たち、そう遠くないところや地球の反対側で生きていた人たち、だけど今はもう死んでしまった人たち。そうした人たちに思いを馳せていたということ。たとえ見当違いであっても想像を続けたということ。その想像がいとこの生を知らず知らずのうちにどこかへ導いたのだろうか。わたしはこれまで思ってもみなかった一つの因果に思い至った。いとこが自分とは無関係な遠くの痛みにも敏感な人に成長したことを思い出した。闘病中の家族がいる友達が困っていることを周囲に知らせ、誰でも力になってあげられるようにカンパのための口座を開設したこと。大学で性的マイノリティであることを理由に不当に解雇された教職員のために、大学側の謝罪と改善を求める張り紙をしたこと。他国の子どもたちに浄水されたきれいな水とさまざまな病気を簡単に治療できる抗生剤を届けるためのキャンペーンに参加し、それをSNS上で発信したことなど。彼はきっとわたしが知っているよりもずっと多くのことをしていただろう。一緒に誰かを助けたいと願いながらわたしに連絡を取ってきたときや、多くの人たちに知ってもらおうと自分のSNSに文章を書きこんでいたとき。それよりはるかにたくさんの瞬間が彼にはあったはずだった。彼の人生にはそうした時間が積み重なっていることを、わたしは知っていた。そして最期の瞬間まで善良な心を持ち続けたことを。いとこは三年前、バックパッカーとして南米のペルー、ボリビア、チリ、アルゼンチンを横断していたときに、最後の旅先だったアルゼンチンのとある小さなレストランで胸に六発の銃弾を受けた。二発目の銃弾が心臓を貫通し、死に至らしめる一撃となったが、銃を撃った十四歳の少年はその後も攻撃を止めず何度も引き金を引き続けた。警察に捕まった少年は、スリを目撃したいとこが声を上げたので銃で撃ち殺したのだと陳述した。わたしはネットの記事でそのことを知った。少年がこれからどんな処罰を受けることになるのか、自分の行動を悔いているのかどうかといった内容については、記事には何も書かれていなかった。ただ末尾に、危うくスリを逃れたフランス人による目撃談が短く載っているだけだった。それによると、彼が盗まれそうになった財布のなかには、二人分のマス料理と小麦パンを少し買えるくらいのお金が入っていたという。

「え？　なんて言った？」

「クジラだよ。クジラが好きかって」

いとこはもう一度言い直した。

「正確には、ザトウクジラ」

わたしは幽霊でも見るようにしばらくぼんやりと彼の顔を見つめ、やがてゆっくり首を振った。

「よくわからない」

「このあいだ、クジラのタトゥーを入れたんだ」

彼は首を片方にかしげ、右手で左肩を指してみせた。

「ここ。背中にある傷跡のこと、覚えてるかな？　三日月の形だって、姉さんが教えてくれたやつ」

「うん、覚えてるよ」

わたしは少し驚きながら答えた。

「その上にタトゥーを入れたの？」

彼はうなずいた。

「僕には見えないところだから気がつかなかったんだけど、傷跡も成長してたみたいでさ。もっと大きくなってるし、もう三日月の形でもなくなってて、死んだ肉の塊みたいに見えるって言うから、タトゥーを入れて生きているクジラみたいにしてほしいって頼んだんだ」

「そうなんだ」

「あのね、姉さん。母さんに刺されたとき、僕は八歳だったんだ」

いとこは怯えた表情のわたしをむしろなだめるような優しい声で続けた。

「そのときはまだ小さかったから、何が起きたのかよくわからなかった。どうして母さんとは一緒に住めないのか、父さんはどうして何度も僕を抱きしめるのか、大人たちがすごく激昂したり逆にとても冷徹な感情を見せたりするのはなぜなのか、全然わからなかったんだ。あとになって自分の身の上に起きたことをちゃんと理解できるようになったときには、なんでよりによって自分にこんなことが起きたんだって、怒りがこみ上げたし、実を言うと怖かった。僕はあのとき、死んでいたかもしれないからね。母さんに殺されていたかもしれないわけだから。でも、今はもう違う。僕の身に起きたことはすべて真実だけど、今の僕にも嘘はないんだ。つまり、僕には僕だけが知る時間がたくさんあって、それらが複雑に作用してつくられるさまざまな感情があるってこと」

それはもう過ぎたことなんだ、といとこは言った。そうつぶやきながら、疲れた目で自分の手のひらをのぞき込んだ。叔母は逃げる小さな息子の左肩とナイフを防ごうとして伸ばした左手の手のひらを刺した。それはいつまでも消えることのない傷跡を彼に残した。

「もちろん、今でも母さんの心と病気を完全に理解できるわけじゃないよ。僕にも父さんにも、そんなことは不可能だろうと思う。母さんについてほんの少し知っただけ。今ではあのときの記憶もこの傷跡も母さんという存在も、みんな僕の存在の一部のように感じられるんだ。ここ数日、誰も僕に母さんについて訊かなかったよね。でも、そんな必要はないってこと」

「叔母さんは、もう大丈夫?」

わたしにはそんな間の抜けた質問をするのがやっとだった。十年余り隔離入院と退院とをくり返してきた叔母は、ここ数年で症状がかなり好転したので家族と一緒に住みはじめたが、少し前に家に放火をしてまた閉鎖病棟に入れられた。わたしはそのことを両親から聞いて知っていた。両親は叔母のことをほかでは口外しなかったし、わたしにも口外しないようにと言っていた。両親はこんな奇怪な不幸が身近にあるという事実に生涯戸惑い、まるでそれがどこか遠いところから届いた信じがたい報せであるかのように振る舞った。わたしの表情を見て、いとこが少し笑った。

「とても機嫌がいいよ。調子がいいときの母さんは本当に問題ないんだ」

彼はしばらく適切な言葉を探していた。

「つまりね、みんなが外から見ている僕の家族は、実際とは異なるってこと。だって、不幸だけど不幸なだけじゃないし、とても悪いことが起こったけど、だからといってそれで良いことがすべて消えてしまうわけでもないからね。人が生きるということは、絵の具の色を一つに混ぜ合わせたりプラスとマイナスを足して答えを割り出すのとは違うはずなのに、みんな簡単に一つの答えを出したがるよね。僕を見る人たちはみんな、本当の僕を見ていると信じて疑わないみたい。じつは僕らはいつだってより良いほうやより悪いほうへ向かって動いていて、潜在的にいくつもの可能性を同時にはらんだ存在なのにね。知ってる？　数学では、泥沼にはまりつつある人を、泥沼にはまったと見なすんだ。言葉と時間が存在しない世界では、そういうことになるんだね。ある状態に近づいているけど、決してその状態に実際にたどり着くことはないんだよ。この世に存在しない極限値がその問題の答えになるなんて、とても不思議な話だと思わない？」

　いとこは本当に不思議でたまらないというふうにわたしを見つめた。その瞬間《とき》、頭がひやっとしてあの人のことが思い浮かんだ。わたしが彼に初めて会うことになるのは、それからさらに二年余りが過ぎて、ある小説家に招かれて行った引っ越し祝いの席の散らかった食卓でのことだった。しかし、その瞬間のわたしは間違いなく彼のことを思い浮かべていたのだ。

「本当に不思議だと思わない？　観察する視線が観察される対象そのものに影響を及ぼすなんて。それを見ることは永遠にないってことも」

　カフェを出ると、どちらからともなしに夕焼けに染まりはじめた湖の畔を歩きはじめた。二人で抜きつ抜かれつしながら大きな湖のまわりを歩き続け、初めて行く遠くの地点まで出かけた。水辺の風景はどこも似かよっていて、細長い草が生えた緑地と水気を含んだ柔らかい泥土がどこまでも続いていた。街灯がないので辺りはすぐに暗くなり、どこを歩いているのかわからなくなった。湖の折り返し地点を過ぎたのかどうかすらはっきりしなかった。それでももと来た道を引き返さずに前へ前へと歩き続けた。わたしはそのときなぜか直観的に、始まりは最も遠く見知らぬところにあると確信していた。いとこは夜の暗闇のなかを歩きながら、クジラのタトゥーを入れる前に見たという夢の話をしてくれた。夢のなかで目を覚ましてみると、四方は深くて暗い海のなかだったという。かすかな光や小さな生命体すら見えない密度の濃い水のなかを、彼はたったひとりで浮遊していた。それは哀しいとか怖いとかいうよりも、まるで時が止まった世界のようだった。不安も望みも期待もない、茫洋たる海。自我を形づくる過去の記憶も未来の夢もない状態。永遠にもし実体があるなら、つまり手ざわりとか温度があるとしたらちょうどそんな感じではないかと、いとこは表現した。そのとき不意に歌声が聞こえてきた。どこか遠くのほうでかすかに始まったその歌は、凍てつくようにひっそりしていた海中に響きわたり、ほとんど永遠に近い時間をひとりぼっちだった彼の肉体に優しくふれた。そのときになってようやく彼は自分が生きているということに気づいた。高い音や低い音、長い音や短い音が一つの歌となって押し寄せた。周囲は依然としてがらんどうで目に入るものは何もなかったが、それがクジラたちの歌だということはわかった。たくさんのクジラたちがどこかにいて、そうしていつまでも歌い続けるであろうことも。彼は言った。

「僕はクジラたちの歌に耳を傾けながら、自分がはるか昔に絶滅してしまった古代深海魚であることをゆっくりと思い出したんだ。何もない真っ暗な海底から上ってきて、誰かに会いたいと待ちわびながら大海原のあいだを果てしなくさまよった時間のことを。クジラたちの歌が忘れていた孤独を思い出させたけど、僕は暗い水中をあちこち泳ぎ回りながら歓びに満ちたダンスを踊った」

いとこは少しずつ息切れしてくるのを抑えながら話を続けた。

「ザトウクジラは実際に何日も休まずに歌えるらしいんだ。海の外では聞こえないけど、水中に入ったらその姿は見えないのに、耳をつんざくような大きな歌声だけが聞こえるなんてこともあるらしいよ」

「本当に？」

「だけどね、クジラたちがどうして歌うのか、その理由はまだはっきりわかってないんだ。自分のテリトリーを示すためだと言う人もいるし、求愛行為だと言う人もいる。僕はクジラたちはただ楽しくて歌っていると思うんだけどね」

「どうしてそう思うの？」

「暗い海のなかで歌うところを想像してみて。宇宙のように音一つないところでさ」

わたしは隣を歩くいとこの横顔を見つめた。この子はその夢から目覚めたあと、どんな人たちの死を目にしたのだろうか。いつも死を見ることになると知りつつ夢から目覚めるのは、どんな気持ちがするものなのだろう。

「姉さん」

彼が呼んだ。

「何？」

「あれを見て」

いとこは影に沈んだ湖畔を指さしながら、声をひそめて言った。かすかなシルエットだけが見える二人の人影が、高く生い茂った水草をかき分けながら岸辺に近づいていった。夜の湖は滑らかな銀のように輝いていた。傾いた樹木と草むら、得体の知れない怪しい形をした影のあいだで二人は立ち止まった。わたしは戸惑い、さっさとその場を離れようとしたが、いとこは美しい水と静寂《しじま》と闇に包まれて口づけする二人にすっかり魅了されたようだった。足を前へ運びながらも二人から目が離せずにいた。じつはわたしも彼らを見ていた。そのとき、わたしのなかに言葉にならない苦痛が押し寄せた。それはどうしてだろう？　抱きしめ合う二人は今や一つの体のように見えた。二人はそれぞれに違うものを見ながら同じところへ向かっていた。ほとんど暗示のごとくうっすらと存在している二人と彼らの愛を見守りながら、どういうわけかわたしはまたもやあの人のことを思い浮かべていた。そのときのわたしはまだあの人のことを知らなかったが、それでも彼の存在を思い浮かべることができた。わたしと出会い、わたしのことを愛し、やがて別れる人たちの魂は、こんなふうに幽《かす》かな影となって必ずわたしのそばに帰ってくるのだ。彼らは強力であらゆるところに存在しているので、彼らが去ったあとの世界やいまだたどり着いていない世界にも、苦痛や魅惑の姿を取って現れる。

「危ない！」

いとこがそう叫びながらたくましい力でわたしの腕を引いた。バランスを失い散策路のわきの湿って滑りやすくなっている坂のほうへ傾きかけたわたしの体は、かろうじて道の上に踏みとどまった。反射的に振り向き、一瞬強い力で体を引きつけた坂の下の闇をにらむようにのぞき込んでみたが、その闇の先に何があるのかはまるで見えなかった。

「大丈夫？」

わたしは大丈夫だと答えてからまた歩きだした。いとこもわたしの後ろをまた歩きはじめた。二人して歩幅を合わせて一定の速さで歩を進めていると、早鐘を打っていた心臓もそのうち落ち着きを取り戻した。体の震えも徐々に収まった。しばらくしていとこはいたずらっぽく目を輝かせながら、わたしの過去の恋人と恋愛について訊きはじめた。わたしは適当な受け答えを返した。わたしたちはぬかるんで滑りやすくなっているところや傾斜をよけて安全なところを歩いた。坂の下に待ち受ける闇のことは次第に忘れていった。闇の先にあったかもしれない鋭い石や無造作に散乱したガラスの破片、湖で口づけしていた幽かな人影についてはもう考えなかった。それは一瞬心をよぎったひやっとする予感としてだけ残った。気づけばいつの間にか、わたしたちが帰るべきリゾートが遠くに見えてきた。そこには光とほどよい温もりと、人々がただそこに留まっていることによって生み出される単調な騒音が立ち込めていた。柔らかなたき火のように揺らめく遠くの光を目にしたとき、そんなはずはないのに、両親や叔父、わたしたちのことを探している人たちの声が聞こえた気がした。静かな夏の休暇を過ごしている人たち。魚を釣ったりゴルフボールを打つことに没頭している人たち。夕食のメニューにもっとおいしいものはないかと小さな悩みにふける人たち。どこかでいま起こっている惨たらしい悲劇や、将来降りかかるかもしれない病気や事故のことを頭に浮かべることのない人たち。災難の予兆から目をそらし、決して不安に至らない幸せな人たち。そんな人々がいるところへとわたしたちは帰りついた。

休暇は大した変化もなく気だるく怠惰に続いた。いとことわたしは日が昇ると二人で湖の畔をそぞろ歩き、お腹が空くとタルトカフェに立ち寄って遅いランチを取った。親戚の大人たちはリゾートの敷地内にある小さなチューリップの庭園や、清潔で閑散としているあまりどこか蒼白にすら映る付帯施設で時間を過ごしていた。彼らは、二人で歩いているわたしたちとばったり会うと、どこかほっとしたような微笑みを浮かべて、「どうだい、楽しんでるかい」と声をかけた。わたしたちは、「はい、とても」と答えた。いとこは休暇が終わる前にまた新しい夢を見た。最後の散歩のとき、その夢の話を聞かせてくれた。

「僕は湖の畔の草むらに寝そべっていて、うっかり寝入ってしまったんだ。目を覚ましたとき、辺りはまだ真昼だった。透きとおったまばゆい陽射しが散乱するのを眺めながら、僕はひどく長い夜をさまよい続けた果てにようやく抜け出せたような気分になった。でも湖の畔に建つ小さなわが家に帰りつく頃には、ぼんやりしていた頭もすっかり晴れていた。愛する妻と二人の子どもたちが温かい夕食の準備をしているところだった。僕はその家で子どもたちが成人する姿を刻々と見守りながら、妻と共にゆっくりと歳を取っていった。人生を振り返ってみるとほとんど完璧と言っていいくらい幸せな日々だったけど、ときどき妙な違和感を感じることがあった。僕の悩みに気づいた妻がある日言った。ずっと前にあなたがなくしたものをわたしが持ってるの。見たい？　僕はうなずき、自分はきっと長いあいだそれを探していたようだと答えた。妻は謎めいた微笑みをかすかに浮かべて、しばらくのあいだ僕を見つめていた。それから僕の手のひらに、ほとんど重さを感じないけれど温もりのある何かを載せた。眠りから覚めた僕は、すべては湖の畔に寝そべって昼寝をしているあいだに見た夢だということに気がついた。こんな美しい人生は自分のものではなく、手のひらにはずっと前に負った深い傷跡があるばかりだということを、ゆっくりと思い出した。そして眠りに落ちる前に考えていたことをもう一度思い浮かべた。自分はいつだって始まりでも終わりでもなく、そのあいだにあるどこかの地点を通過しているのだということを。僕に傷跡を残した人が僕の一部になったように、僕もいつか誰かの一部になるだろうと」

それから六年後、いとこは南米のとあるレストランで無惨に殺されることになる。あの子の人生を知らない、あの子が持つ考えや特別さも知らない、あの子の名前すら発音できない外国人の少年の手によって。そのむなしい訃報に接したとき、わたしは彼が最後に話してくれた夢の情景をしばらく思い浮かべた。いとこの口から流れ出る夢の話を美しいと思いながらも、その夢が指し示す死がひょっとしたら彼自身のものかもしれないという恐ろしい予感に震えた瞬間のことを。しかしそんな予感はほんの一瞬わたしを捉えただけで、すぐに通りすぎた。その当時、わたしの頭はひと月半前に自殺したあの人の死を受け入れることだけで精いっぱいだった。そして結果的に言えば、その努力は無惨に失敗した。わたしは彼の死の意味をついに理解できず、そのためにその後長い時間をかけて崩れ、引き裂かれ、ばらばらに破壊された。彼は命を絶つ直前、東南アジアの国々を旅しているとわたしに言っていたが、それは嘘だった。実際には旅立たずに家に残り、カーテンを閉め切って照明を消したまま、部屋のなかで悩み続けたようだった。彼が最後に残した痕跡は死を前にしていた時期の心理を思わせた。おそらく憂鬱と悲しみ、苦痛、憤りに打ち勝つためにわたしと交わしたたくさんの会話を思い返していたのだろう。共に過ごした時間の楽しかった記憶や、幸せな気分で夢見た未来も。彼はいつもはわたしよりも強い人だったが、彼のなかにはときおりマグマのようにとめどなく噴き出す感情があった。それは一瞬にして彼の世界を根底から覆しかねないものだった。死ぬまでの一ヵ月間、彼はわたしをごまかすためにときどきメッセージを送ってよこした。それは短い挨拶のときもあれば、たわいない日記のようなもののときもあった。そんな嘘のかけらの数々が、彼がこの世に残した最後の言葉となった。

――船で島に入ったよ。初めて海辺を散策したとき、ひどく痩せこけた一匹の猿と、――

木の枝に並んで止まっているバラ色、サーモン色、シナモン色のオウムたちを見かけた。そんなものはここではいつでも見られるものなのか、それとも僕が運がよかったのか、それはよくわからないんだけどね。

今朝はココナッツスープと果物を少し食べたよ。ここのところ、食事は朝ごはんだけ。

この島の犬たちは、海とジャングルで泳ぐんだ。エサを見かけるとそれを食べ、天気がよければそのまま土の上にゴロンと横になって昼寝をする。犬たちはみんな、日が暮れる前に迷子にならずにちゃんと家に帰ってくる。僕はここの夕陽が気に入ってる。

散歩をしていて高い崖を発見。水の色がきれいだった。

体が気だるくて汗が出る。散歩は無理そうだ。

三日間、部屋から一歩も出なかった。でももう大丈夫。

会いたいよ。

マンゴーが二つ。マンゴスチンが六つ。今日の買い物のお買い得品。

台風が近づいてるみたい。

村の人たちは台風に備えてる。ミネラルウォーターを買い溜めたり、大きくて丈夫な防水シートと紐を用意したり、ガラス窓ごとにテープをバツ印に貼りつけたり。割れる恐れがある皿や装飾品なんかは、みんな家のなかにしまった。海に浮かんでいた漁船も、みんな安全なところに移動させたみたい。だけど、どこへ？　子どもたちは怖がっている様子。

今夜、台風が来る。

明け方に壁が崩れ、木々が倒れた。けがをした人もいるらしいけど、僕は直接見ていない。幸いなことに、停電は免れた。

街中がひどいことになってる。河はにごってしまった。

結局、停電になった。村の男たちが切れた電線を直すのを僕も手伝った。ロウソクの明かりを灯した小さな食堂で、温かいフォーをご馳走になった。フォーを食べているあいだ、一人の男がフィリピン語で何かを長いこと話していた。あとから聞けば、台風の日、妻の流産で赤ん坊を亡くした父親だそう。生まれてすぐに死ぬ子どもたちがいるということは、人の死にはどんな意味や意図もないことを意味する。

内心、窃盗とか略奪が起こるかもしれないと備えていたけど、そんな混乱は起きなかった。みんな落ち着いていて、表情も明るいんだ。家をなくした人もいるし、家族がけがをした人もいる。大きな財産を失った人や、食べるものがなくて困っている人だっているはずなのに、誰が不幸で誰がそうでないのか見分けられない。みんな自分から進んで誰かを助けている。

市場が開かれた。果物と肉、香辛料と薬草が買える。

「この幸運こそがあなたの悲劇です」。今日拾った一ドル札に書かれていた面白い落書き。そのお金で甘いパンを買ってたらふく食べた。驚くべきことに、今朝眠りから覚めたとき、僕はいつも感じていた哀しみがもう自分にとって重要じゃなくなっていることに気がついた。

久しぶりに長い散歩をした。もともと人家があったところを通るときに、台風で壊れた残骸の上を神秘的な模様を描きながら旋回する青い蝶々の群れを見かけた。夢で青い蝶を見るのは良い兆しらしいんだけどね。

南米のどこかの国ではね。

もう天気は回復した。


海のなかの情景を静かに映し出すドキュメンタリーを観ていたわたしは、ふと自分がその出来事をくぐり抜けたことを知った。それは過ぎ去った。わたしはもう大丈夫だ。ドキュメンタリーの場面は、ダイバーたちにとくに人気だという南太平洋の海へと移る。かつて日本軍と米軍の激戦地だった場所だ。そこでは透きとおった水のなかで魚たちと一緒に泳ぎながら、日本軍の野砲を見学できる。爆撃を受けて破壊された残骸からそう遠くないところに、胴体が壊れ、しっぽが折れたまま錆びついた日本軍の零式水上偵察機《ジェイクシープレイン》も沈んでいた。それは一九四四年に撃墜されたもので、搭乗していた三人のパイロットたちはその場で即死した。天国のように見えるその場所で七十余年前、生死をかけた闘いが二ヵ月ものあいだ続いた。そして米軍千三百人、日本軍一万人余りが命を落とした。しかし凄惨な戦争の傷痕は、今ではダイバーたちの遊び場になっていた。そこからほど近いところに浮かぶ島に、本当の天国《パラダイス》と言うべき海月《くらげ》の湖がある。島の奥深く山中にある深い藍色の塩湖には、数百万もの海月たちが棲息している。「目に映るものすべて、海月です。水温は温かいです」。女性のダイバーが恍惚とした表情でそう話す。黄色い草花の種にも似た黄色い小さな頭を動かしている海月たち。傘を絶え間なく収縮させながら水中を浮遊している遊泳体だけが、その湖の主人だ。湖には三種類の海月たちが棲息している。そのうちの一種は、プランクトンを食べずとも太陽の光さえあればエネルギーを得ることができる。だから海月たちはいつも太陽に向かって美しいらせんを描きながら泳ぐ。島は悠久の歳月、激しい隆起と沈降とをくり返しながら、山のなかに塩湖をつくり出した。湖のまわりにはマングローブの森が鬱蒼と生い茂り、蔓のように絡み合った根っこが呼吸することで湖にきれいな海水を提供している。天敵のいなくなった海月たちは、数万年をかけて進化を遂げる過程で毒性を失った。海月たちにとって自分たちの種の記憶は、今やかすかな予感のようなものとして残っているだけだ。別のかたちでありえたかもしれない種の可能性を知らない無垢で美しい海月たちが、ダイバーたちの腕や脚、柔らかなお腹と胸と首元にふれる。ひたすら愛と幸せにふくらんだ丸みを帯びた額で柔らかくぶつかる。爪ほどの大きさのものもあれば、なかには拳くらいの大きさのものもある。そんな海月たちは、ただ人間の肉体を通り抜けようとする意志だけが残された無害な魂のように見える。海月の群れに取り囲まれたダイバーたちは、なぜかずっと前から自分たちが知っている、おそらく宇宙の外から秘めてきたと思われる善良な心をふと思い浮かべる。だがやがて自然のバランスがつくり出した驚異なる瞬間にゆっくりと圧倒される。

あとがき

以前、夢について書いた「暗示」という文章をここに書き記す。四つの注釈を付したくて。

読みたい文章を書く。歩く人を書く。道について言うなら、片側には愛すべきあなたがいて、反対側には愛すべき死がある。さまよう者すべてが道を失っているわけではない*。旅する者すべてが美しい異邦人ではない。わたしを食べたあなたはわたしの一部になる。うっかりした間違いなのか、それとも罠なのか。道には、そばを流れる水路があることにしよう。水の中で泣いている魚を見たのだから。誰も水中に棲む魚の涙を見ることはできないけれど、数百万年後にできた素敵な虎模様は、涙のあと。祈りは奇跡の一部。一本の木を植えよう。ジャムになるため、怒った虎たちが互いのしっぽをくわえるように。[**] 互いを食べあってしまう前に一つになるように。選択のために違いをつくり出す。月と波のあいだに交わされた約束のように。とてもゆっくり眺めると変わる風景。映画のなかを散歩する侵略者。[***] 映画に夢中になっているあなたの顔は、無表情で無防備な、観察者を死に至らしめる顔。その顔にゆるやかに微笑みが浮かんだなら。しかし誰かはもっと黒い夜を望む。[****] 火のふちよりは、かわいそうな噂になることを望む。ためらいを忘却する。疲労と筋肉だけが残された散歩者がこの精巧な夢に気づいたら、わたしは自分の書いた文章を消して、もうこれ以上読みたいものが一つもない世界に瓶詰めのジャム一つだけが恋しくも不気味な暗示として残り、ついにジャム好きのあなたのことを思い浮かべるけれど、それは選択とはなんら関係のないこと。

また、いつどうして書いたのか思い出せないメモを引っぱりだす。

四人は同じ時間をそれぞれに違うかたちで通ってきた。

違ったかたちで記憶したのだろうか。

それとも、本当に違う世界だったのか。

また、ずっと心にこだましていた声を書き記す。

この世のすべての海辺はどれほど似ているか、
そしてわたしたちが秘めた物語は、どれほど重なっているのか。

こんな言葉を並べながら、これが言いたいことだと言う。
少しねじれたままつながったあなたに会えるようにと。
夢は夜より長く、ある一日は永遠のようである。

二〇二〇年冬に

ウ・ダヨン

＊ “Not all those who wander are lost” J・R・R・トールキンの文章を翻訳。

＊＊ ヘレン・バンナーマン『ちびくろサンボ』（ザ・トランス訳、バロイーブック、二〇一七）。実は虎たちはバターになる。ジャムはわたしの思い違い。

＊＊＊ 黒沢清監督『散歩する侵略者』（二〇一七）。映画『散歩する侵略者』と映画のなかを散歩する「侵略者」のうち、どちらが先なのだろう？

＊＊＊＊ W・G・ゼーバルト『土星の環』（イ・ジェヨン訳、創作と批評社、二〇一一）。小説に登場する画のなかの言葉。

訳者あとがき

本書は、二〇二〇年に韓国で刊行された『アリス、アリスと呼べば』（文学と知性社）の全訳である。

著者のウ・ダヨンは一九九〇年、ソウル生まれ。明知《ミョンジ》大学校文芸創作科に在学中の二〇一四年に短編「三人」が民音社《ミヌムサ》が発行する季刊文芸誌『世界の文学』の新人賞を受賞し、デビューを果たした。その後、二〇一八年に初の短編集となる『夜の兆候と恋人たち』を、二〇二〇年に二冊目の短編集『アリス、アリスと呼べば』を出版し、洗練された文体と神秘的な形式で注目を集めた。どことなく幻想的でありながら知的な奥行きを備えた独自の物語世界は、独特の魅力で多くの読者を魅了している。さらに著者の関心は、老斤里《ノグンリ》平和賞を受賞した中編小説『北海で』（二〇二一年）を経て近年、ＳＦ的な領域にも広がっているようだ。ＡＩメタヒューマンであるハン・ユアとの対話を綴った『優しい非人間――メタヒューマンと和気あいあいおしゃべり』（二〇二三年）に続き、昨年十二月に刊行されたばかりの三冊目の短編集『しかし誰かはもっと黒い夜を望む』では、先行する二つの短編集のテーマを引き継ぎつつ、SF的な趣向をも試みている。その文学性が認められ、収録作品の一つである短編「長い予知」はSFアワード優秀賞（中短編部門）を受賞した。このほか、著者は多数のアンソロジーにも参加しており、創作の幅を広げながら旺盛な執筆活動を続けている。

著者の作品として初めて邦訳で紹介される『アリス、アリスと呼べば』には、二〇一八年から二〇二〇年まで各種文芸誌などに発表した短編八編が収められている。一冊目の短編集で日常のなかにある予兆と偶然の働きを敏感に捉えてみせた著者は、今度はさまざまな時空間を行き来しながら、この世界の成り立ちを探究する。ここで通奏低音をなすのは、いくつかの収録作のなかに反復してあらわれる、「人が人を助けねば」という言葉――イギリスのポップシンガーの歌のタイトルから取られたという――である。ウ・ダヨンはあるインタビューで、社会の至るところに怒りやヘイトが溢れ、哀しみが深まる今日であればこそ、わたしたちが忘れてはならない「信念」がこの言葉に込められていると語っている。

著者が語るように、近年ヘイトは韓国や日本だけでなく、世界的な現象になっている。韓国では、二〇一六年に起きた江南《カンナム》駅殺人事件に象徴される女性嫌悪が大きな社会問題となった。アメリカでは、黒人やアジア人への暴行が横行し、日本でもマイノリティの人々に向けられるヘイトスピーチは今や見慣れた風景となっている。世界各地でテロや紛争、戦争は後を絶たず、連日無数の人々の死のニュースが流れる。そんな光景を前に、わたしたちは怒りや恐怖を覚え、時に無力感を抱く。一方、ネット化が進むにつれて、リアルな共生の感覚は薄れている。そのようななか、わたしたちはいかに他者を思いやる倫理的選択を優先し、善を選び取ることができるのか。

ずっしりと重い問いだが、ウ・ダヨンの小説は、小難しい言葉を並べ立てたり、倫理の必要性を声高に叫ぶのではなく、現実のようでもあり夢想でもあるような八編の魅力的な物語を通じて、それに向き合うよう読者を誘う。ウ・ダヨンの描く世界は有機的につながり合っており、そこに生きる個人の身の上に起こる事件は無作為である。この有機性と偶然性の機微を捉えながら、さまざまな時空間の物語を美しい迷路のように交差させて築き上げた一冊の本は、わたしたちにこの世界の神秘を語りかける。

アリス、アリスと呼べば、わたしたちは物語の迷路のなかにいる。わたしたちは、善と悪とは何か、幸せと不幸とは何か、わたしとあなたがどのようにつながり合っているのかを知るための旅に出る。この作品集には、人を助ける人たちが多く登場する。読者がまず最初に出会うのは、「あなたのいた風景の神と眠らぬ巨人」のなかのウンリョンである。「わたし」が高校生になってから再会した幼友達のウンリョンには、人の心を理解できる才能があるが、人の感情に共感できる能力はない。そんな彼女を「わたし」は人間的でないと感じ、彼女の見せる人への優しさや寛大さに疑いの目を向ける。感情よりも理性によって行動するウンリョンは、進化への信頼から「善」を支持するとの考えを語る。「数億年ものあいだ人間が最善だと思う選択を重ねてきた結果が、結局は『善』ではないかと。しかし、人への共感を経ないで語られる「善」を「わたし」は受け入れられず、二人の関係は断たれる。時を経て、「わたし」はウンリョンの死後に、彼女が辿り着いた美しい絆の世界に招待されることになる。ウンリョンが「わたし」に残した手紙には、彼女が長い時間をかけて学んだ秘密が明かされていた。自分のなかにある善なる風景を道しるべとして、善に至ることができたのだと。

ウンリョンが「わたし」に伝えようとした言葉は、わたしたちが日々生きている現実とも無縁ではないだろう。「わたし」が他者に至る通路だと信じる共感は、時に別の対立をも生み得る。自分の属している共同体に対する強い共感が、その外側に置かれた人々への排斥として働くことは珍しくない。今日、排外主義がはびこるのは、そのような誤った共感の副作用とも言えるのではないか。他者の論理を容認しない信念は、ともすれば一方的に正義を振りかざす暴力に行き着く。それぞれの「正義」がぶつかり合う場面を、わたしたちは日々、戦争やテロ、紛争のなかに多く目撃しているはずだ。対話の可能性を閉ざした「わたし」に、「これが普通なんだという確信、もしくはこれが普通であるべきだと信じて疑わないこと、それこそが本当の『悪』」ではないかと問いかけるウンリョンの声は、今世界に広がる現実を前にずっしりと響く。

一方、現代文学賞の候補作にもなった作品「チャンモ」の主役であるチャンモは、ウンリョンとは対照的な人物である。チャンモは他人の感情をまったく気にかけず、障がいがある級友や妊婦に対してさえも平気で暴力を振るう。そのような彼の行動を目の当たりにした「わたし」は、「そんなことを考え、そんな想像をするなんて。人が人に対してそこまでの悪意を抱けるなんて」と驚き、多数の級友たちは自分を守るために、あるいは面倒に巻き込まれたくないがために、チャンモから慎重に距離を取る。しかし、悪を体現しているように見えるチャンモすらも、別の可能性を持った人物として描かれていることは重要だろう。チャンモや彼のまわりの人たちを助けようとする「わたし」はある時、「人は単純な一つの面ではなく、見る方向や立場によってまったく異なる形になる立体であり、また時間の流れとともに形と位置が絶えず変化する流動体であり、時にはさまざまな状態で平行して同時に存在する可能性の集合」であると気づく。善と悪は明確に分かれるのではなく、人が秘めた無数の可能性の中から何が具現されるかは、他者との関わりあいのなかで決定されるのだ。

一人の人間の持つ無限の可能性は、まさしく世界が作動する原理でもある。ウ・ダヨンの描いてみせる世界は、論理的な因果関係だけで成り立つのではなく、無数の偶然が寄り集まって動いている。一つの可能性が現実となれば、ほかのあり得たはずの無数の世界は、潜在していた可能性として留まる。そして人はこの世界のなかで、これといった努力なしに幸運に恵まれることもあれば、うんと不運にもなり得る。本書に収録された短編「海辺の迷路」は、アソンとアラの双子のような姉妹をそれぞれ主人公として進行する二つの物語をまるで並行宇宙のように交互に広げてみせることで、世界の出来事が連動しており、わたしたちの選択が互いに影響を与えあっていることを気づかせる。もちろんそれは人間同士だけではない。同作品のなかで、温暖化が進む北極に生息するホッキョクグマや海水温が上昇したところに出現する海月《くらげ》たちについて語ったキウォンの話を聞いたアラは、「すべてが網目のようにつながり合ってるんだね」とつぶやく。種の違いを超えて、わたしたちの運命が一つにつながり合っているというこの自覚こそは、今日わたしたちが深刻な現実として直面している生態系の破壊や急激な気候変動を乗り越えるための鍵でもあるだろう。

ここ数年、人類が経験したパンデミックは、皮肉にも目に見えないウィルスによって、わたしたちが全地球規模でつながり合っており、互いに影響を与えていることを目に見えるかたちで示された出来事でもあった。今日どこかですれちがった、顔すら覚えていない誰かが、わたしの生き死にを左右するかもしれない。それは恐怖にもなり得るが、しかし他方でパンデミックは、わたしたちの日常がどれほど他人の助けによって支えられていたのかに気づかされる契機でもあった。だが果たしてわたしたちはこの経験を、地球規模の危機に立ち向かうための共生感覚へと活かせているのだろうか。

思えば、他者との共存や連帯、異なる他者たちが共に生きるための共同体は、フェミニズム文学を含め、近年の韓国文学がさまざまに模索してきた馴染みのテーマでもある。ウ・ダヨンの小説は、そうした問題意識を共有しつつも、通常のリアリズム小説とはやや異なる感触で読み手に倫理を問いかける。この一冊に詰められた物語世界を旅し終えたとき、読者は人を助けたいと思う心、人の無事を願う善良さを、忘れていた心のなかの風景として、ある懐かしさとともに思い起こすのではないか。ウンリョンが倫理的な選択の岐路に立つたびにそうであったように。「たくさんの星が光を放っていても、宇宙には闇が存在するばかりか、むしろ闇こそがほとんどを占めている」、そのような厳然とした現実に絶望感や無力感を抱くことはない。善と悪は常に同時に存在していて、光と闇の均衡が取れていれば世界は持続可能なのだ。「メゾと近似」の最後の場面で主人公が目にする、無垢な海月たちが光のなかを泳ぐ美しい光景は、そのような奇跡的な均衡の瞬間として描かれる。

初めて本書を読んだとき、共生の感覚を回復させるウ・ダヨンの文学は、韓国だけでなく、今の世界に必要な声であると感じた。作品を訳しながら、ヘイトと暴力、戦争やテロがあまりに日常化した時代に、わたしたちはどのようにすれば善良な心を働かせ、共生に向かうことができるのかを深く悩みながら語りかける声に共鳴するとともに、著者が世界をみる視線に慰められた。これらの物語が分断と対立がはびこる今の世界に不安や息苦しさを感じているあなたへの解毒剤になればと願う。

なお、本書では原則、満年齢で訳出したが、必要に応じて数え年齢を採用したことをお断りしておく。

最後に、翻訳出版を支援してくださった韓国文学翻訳院と、出版にご尽力くださった亜紀書房の斉藤典貴氏に心よりお礼を申し上げる。そして翻訳の師である翻訳家のカン・バンファ氏、翻訳という楽しくも悩ましい道程での心強い同伴者である翻訳家の仲間たちに、敬意とともに感謝を伝えたい。八つの物語が多くの読者に届くことを願いながら。

二〇二四年二月七日

ユン・ジヨン

著者について
ウ・ダヨン Woo Dayoung
1990年ソウル生まれ。明知大学校文芸創作科に在学中の2014年に短編「三人」が季刊文芸誌『世界の文学』の新人賞を受賞し、デビュー。2018年に初の短編集『夜の兆候と恋人たち』を出版。2019年度韓国文化芸術委員会の文学ナヌム選定図書に選ばれる。2020年に本書『アリス、アリスと呼べば』を刊行。収録作の「チャンモ」は現代文学賞の候補作となり、韓英のバイリンガル・エディションで出版された。その他の著作として中編『北海で』(2021年)、『優しい非人間——メタヒューマンと和気あいあいおしゃべり』(2023年)、短編集『しかし誰かはもっと黒い夜を望む』(2023年)がある。洗練された文体と神秘的なスタイルで注目される新進気鋭の作家。

訳者について
ユン・ジヨン Jiyoung Yoon
1982年ソウル生まれ。翻訳家、淑明女子大学校教授(日本近現代文学)。延世大学校英語英文学科、日本学連繫専攻卒業。東京大学大学院総合文化研究科超域文化科学専攻修士・博士号取得。韓国文学翻訳院日本語特別課程及びアトリエ課程修了。訳書に『わたしたちが光の速さで進めないなら』『この世界からは出ていくけれど』(キム・チョヨプ、共訳、早川書房)、『B舎監とラブレター』(韓国文学の源流 短編選1、共訳、書肆侃侃房)。

となりの国のものがたり 12
アリス、アリスと呼《よ》べば

2024年4月6日　第1版第1刷発行

著者　ウ・ダヨン
訳者　ユン・ジヨン

発行者　株式会社亜紀書房
〒101-0051 東京都千代田区神田神保町1-32
TEL 03-5280-0261
https://www.akishobo.com

装丁　鳴田小夜子(KOGUMA OFFICE)
装画　出口えり
DTP　山口良二

印刷・製本　株式会社トライ　https://www.try-sky.com

Printed in Japan　ISBN 978-4-7505-1835-0　C0097